愛は喧嘩の後で

ヘレン・ビアンチン 作

平江まゆみ 訳

ハーレクイン・ロマンス

東京・ロンドン・トロント・パリ・ニューヨーク・アムステルダム
ハンブルク・ストックホルム・ミラノ・シドニー・マドリッド・ワルシャワ
ブダペスト・リオデジャネイロ・ルクセンブルク・フリブール・ムンバイ

THE STEFANOS MARRIAGE

by Helen Bianchin

Published by Harlequin Japan, a Division of K.K. HarperCollins Japan, 2024

ヘレン・ビアンチン

ニュージーランド生まれ。想像力豊かな、読書を愛する子供だった。秘書学校を卒業後、友人と船で対岸のオーストラリアに渡り、働いてためたお金で車を買って大陸横断の旅をした。その旅先でイタリア人男性と知り合い結婚。もっとも尊敬する作家はノーラ・ロバーツだという。

主要登場人物

アリーズ・アンダースン……………子供服店経営者。
アントニア……………………………アリーズの妹。故人。
ジョージョウ…………………………アントニアの息子。愛称ジョージ。
ジョージョウ・ステファーノス……ジョージの父親。故人。
アレクシ・ステファーノス…………ジョージョウの異母兄。会社社長。
アレクサンドロス……………………アレクシの父親。
レイチェル……………………………アレクシの継母。
ヒュー・マナリング…………………弁護士。

1

いつにない交通渋滞の中、アリーズはしゃれたホンダ・ハッチバックを慎重にスターリング・ハイウエイに移動させた。かなたに高層ビル群がかすみ、日ざしがスワン川の青い水面を照らしている。そのゆるやかなカーブに沿って、アリーズはパースの中心部に向かった。

　ようやく駐車スペースを探したアリーズは、毎日通勤せずにすむ我が身に感謝しながら、職場に急ぐ人の群れに混じった。

　ことの始まりは、昨日の午後に入った弁護士からの呼び出しの電話だった。できるだけ早くオフィスに顔を出すようにという。どういうことなのだろうか。アリーズは額にかすかにしわを寄せ、弁護士のオフィスがある黒い大理石とつや消しのガラスでできた現代的なビルに入っていった。

　ロビーにはエレベーターが三機並び、人々がその前で待っていた。彼らに歩み寄るうちに、アリーズは少し離れて立っているダークスーツの長身の男に気づいた。

　目鼻立ちのくっきりした横顔。貴族的な鼻梁《びりょう》といかついあご。手入れの行き届いた豊かな髪は、今の流行より心持ち長めにカットされている。

　三十代半ばくらいだろう、とアリーズは見当をつけた。野性の力を感じさせる男だ。

　アリーズの視線を感じたのか、彼はわずかに向きを変えた。ブルーとグレーが溶け合ったようなその鋭いまなざしに、アリーズはうろたえた。

　突然、アリーズは自分の姿を意識した。金褐色の髪を肩まで伸ばし、華奢《きやしや》で小柄な体つきだが、しゃれた黒いテーラード・スーツと上品な白いシルクのブラウスが、落ち着きと威厳を醸し出しているはずだ。

男の値踏みするような視線を前にして、アリーズは必死に平然とした様子を装った。なぜだかわからないが、体中の神経が張りつめむき出しにされたような、心もとない気分だった。

ほんの一瞬、二人の視線が絡み合ったように思えた。アリーズの心臓が高鳴った。この人があまりにもセクシーだからよ。彼女は自分に言い聞かせた。それだけのことだわ。

これほどの魅力を発散しておきながら、男の洗練された外見の奥には、皮肉めいた用心深さのようなものが感じられた。この人、私が話しかけるとでも思っているのかしら？　そして、ベッドに誘うとでも？

むっとしたアリーズはかすかにあごを上げ、大理石の壁にかかった時計を見上げた。

二機のエレベーターが同時に一階に到着した。アリーズが手近なほうに乗り込むと、この男も彼女のあとに続いた。

エレベーターはたちまち満員になった。彼がすぐそばにいることを意識しながら、アリーズはあえて彼を見ようとはしなかった。十センチのハイヒールを履いているにもかかわらず、彼女の背は男の肩にも届いていない。彼のコロンの香りがほのかにアリーズの鼻孔をくすぐった。

アリーズはその香りに息苦しさを感じた。一呼吸するたびに、無性に気になってしかたがない。エレベーターが目的の階に着いた時には、アリーズは救われたような気がした。

だが、ほっとしたのもつかのま、彼も同じ階で降りてくる。どうやら彼も、アリーズと同じオフィスに行くつもりらしかった。

受付に行くと、アリーズは自分の名前と約束している弁護士の名前を告げ、近くの椅子に座った。彼女は雑誌を手に取って、熱心にそれを読むふりをしたが、そばで何気なくたたずんでいる男の存在がますます気になるばかりだった。

彼は仕立てのいいスーツを着込み、ズボンのポケットに片手を突っ込んでいる。あふれるような男らしさと冷酷さが混じり合って、どこから見てもひとかどの実力者といった風情だ。敵に回すより味方につけたほうが賢明なタイプね。アリーズは皮肉っぽく考えた。

彼の何かが、アリーズにはひっかかっていた――どこか懐かしいような気がするのだが、なぜだかはわからない。だが、過去に会ったことがないのは確かだった。こういうタイプの男は、そう簡単に忘れられるものではなかった。

「ミス・アンダースン？　どうぞ、こちらへ。ミスター・マナリングのところへご案内いたします」

アリーズは優雅な服装の秘書のあとに続き、広い廊下を通って、市街を一望できるモダンなオフィスに案内された。弁護士と挨拶《あいさつ》を交わしながら、アリーズは彼のデスクの前にある三つの肘かけ椅子の一つに腰を下ろした。

「こうして私を呼び出されたということは、何か緊急事態が持ち上がったんですのね」アリーズはゆったりと脚を組みながら、困惑顔の弁護士を探るように見つめた。

「そうです。まったく思いもかけない事態になりましてね」ヒュー・マナリングはマニラ紙の紙挟みを手に取り、書類をめくった。「昨日の午後、この書類が急送されてきて、それから一時間後に、送り主から電話が入ったんです」

アリーズはかすかに額にしわを寄せた。「アントニアの遺産には何も問題がないと思ったんですけど」

「彼女の遺産についてはそうです。問題は妹さんの遺児の親権なんですよ」

アリーズは心臓をわしづかみにされたような気がした。「どういうことですの?」

マナリングは眼鏡をずらし、その縁越しにアリーズを見やった。「ステファーノス家の代理人が、ジョージを……」彼は言葉を切り、書類に記された名前を確認した。「ジョージョウを引き取りたいと申請したのです。二カ月前にパース郊外の産院で、あなたの妹アントニア・グレース・アンダースンが産んだ、ジョージョウ・スタブロ・ステファーノスの息子を」

アリーズはショックで真っ青になり、信じられないといった面持ちで弁護士を見つめた。「彼らにそんな資格はないわ!」

彼女の激しい抗議に、マナリングはどぎまぎした様子だった。「アントニアは遺言を残していませんね。つまり、彼女の遺児の法的な責任をだれかに委《ゆだ》ねる書類がないわけです。あなたは彼女のただ一人の身内ですから、当然、後見人の役が回ってきたのですが」彼はここで軽くせきばらいをした。「しかし、法的には子供は孤児扱いになり、子供をどんな形で保護するかは、当人の幸せを最優先に考えたうえで児童福祉局が決定するわけです。だから、関係者ならだれでも、その子を引き取りたいと申請できるんですよ」

「つまり、妹の恋人の家族には、私と同様にあの子を引き取る権利があると言うんですね?」

弁護士の表情は、その答えを雄弁に物語っていた。

「そうです」

「でも、そんなことは不可能だわ! アントニアの手紙を読めば、ジョージョウが彼女を捨てたことがはっきりわかります。これは彼にとって不利な証拠になるはずよ」

妹のことを思い、アリーズの瞳は涙にかすんだ。

六つ年下の妹アントニア。彼女はあまりに若く、あまりに軽率だった。十九歳という若さゆえに、海外旅行でのつかのまのロマンスがどんな結果を生むか想像できなかった。そして、ギリシアの島巡りから戻ってきた数週間後に、自分の妊娠を知るはめになったのだ。

アントニアはすぐにアテネに手紙を出したが、返事はなかった。数週間待ったうえで、通訳の助けを借りて電話をかけようとしたが、相手の番号は電話帳にはなく、連絡がつかなかった。

彼女は中絶を拒んだ。そして、長い陣痛に苦しんだあげく、帝王切開の緊急手術で、小さなジョージョウを婚外子としてこの世に誕生させた。しかし、運命はさらに残酷な一撃をアントニアに加えた。彼女は産後に合併症を起こし、急激に衰弱して数日後に亡くなったのだ。

アリーズは愕然《がくぜん》としながらも、我が身に鞭《むち》打ってすべての処理をこなした。経営している子供服のブティックは、新しく雇った店長に任せ、信頼できるベビーシッターが見つかるまでの当座をしのいだ。

今、彼女の生活はようやく落ち着きを取り戻してきた。毎朝、ベビーシッターの到着を待ってブティックに出勤し、午前中に仕事の手はずを整え、洗礼名を縮めてジョージと呼ばれるようになった赤ん坊とできるだけ一緒に過ごせるようにしていた。

「あなたの不安はわかりますよ、アリーズ。ミスター・ステファーノスは、直接、事情を説明したいということです」

あっけに取られたアリーズは、たちまちすさまじい怒りに駆られた。「今になって、のこのこ顔を出すなんて、どういう神経をしてるのかしら?」

ヒュー・マナリングはまじまじと彼女を見つめ、

それからゆっくり口を開いた。「まあ、向こうの言い分だけは聞いたほうがいいですよ」

弁護士はインターフォンのボタンを押し、秘書に指示を出した。

数秒もしないうちにドアが開き、ほんの三十分前にアリーズを落ち着かない気分にさせたあの男が入ってきた。

アリーズは言い知れぬ不安に、胃が締めつけられるような気がした。この人は何者なのかしら？　アントニアの旅行中の写真は何度も見ているが、写真に写った男性とこの男は同一人物ではない。

ヒュー・マナリングは儀礼的に紹介した。「こちらがアリーズ・アンダースン——そして、こちらはアレクシ・ステファーノス」

「ミス・アンダースン」その声は深く、かすかに間延びしたような訛《なまり》があった。彼はじろじろとアリーズを見回し、一瞬、彼女の唖然《あぜん》としたまなざしと目を合わせてから、正面の弁護士に向き直った。「ミス・アンダースンに状況を説明してくれたんだろうね？」

長身をかがめて隣の椅子に座った彼を横目に、アリーズはわざとらしく言った。「妹の子供の父親とどういうご関係なのか、ミスター・ステファーノスご自身に説明していただきたいものだわ」

これは明らかな挑戦だった。彼はうわべは丁重さを装いながら、内心では事態を面白がっている。そのことがアリーズをいらだたせた。

「失礼、ミス・アンダースン」アレクシ・ステファーノスは皮肉っぽく一礼した。「僕はジョージジョウの兄——正確には腹違いの兄です」

「じゃあ、あなたはジョージジョウの使いというわけですのね？」

淡い色をした彼の瞳が陰り、黒曜石の破片を思わせるグレーに変わった。「ジョージジョウは亡くなった。昨年、ひどい交通事故で体が麻痺《まひ》したんだが、さらに合併症を起こして一カ月ほど前に」

アリーズは奇妙な偶然の一致にとまどったが、アレクシ・ステファーノスは感情のこもらない声で続けた。

「ジョージョウの死の一週間後に、隠してあった手紙を発見するまで、家族はあなたの妹さんの存在を知らなかった。適当な手を打つ前に、事実を確認する時間も必要だったのでね」

「適当な手？」

「その子は当然、ステファーノス家の一員として育てられることになる」

アリーズの瞳がきらっと光った。「そんなことはさせないわ！」

「僕にその権利がないと？」

「あなたの権利ですって？」アリーズはわざとらしく言い返した。

「そう。彼はステファーノス家の初孫の男の子だ。一家の正当な後継者であることには間違いない」

「ジョージの出生は、ジョージョウ・アンダースンとして登録されているのよ、ミスター・ステファーノス。それに、アントニアの一番近い身内として、私が彼女の息子の養育を引き受けたんですから」

アレクシ・ステファーノスはまったく動じた様子を見せなかった。アリーズはわずかにあごを上げ、彼の目を見返した。

「血液鑑定の結果、その子の父親が僕の弟に違いないことがはっきりしたんだがね」彼の口調はぞっとするほど皮肉っぽかった。

アリーズの華奢な体が怒りに震えた。アントニアの男性関係を疑うなんて。「アントニアがどういうつもりであの手紙を出したと思ったんです、ミスター・ステファーノス？　脅迫するとでも？」

「それも考えないではなかった」

「なんてことを」アリーズは抑えきれない怒りに息を吸い込んだ。「あなたは侮辱的で傲慢《ごうまん》な……」

「どうぞ続けてください」言葉に詰まった彼女を、アレクシ・ステファーノスは促した。

「最低の男だわ！」そう吐き捨てるように言うと、アリーズは彼の何物にも動じないまなざしにちらっと目をやった。

「アントニアにはお金なんて必要なかったわ。数年前に亡くなった両親は、妹と私にかなりの遺産を残してくれたのよ。高校卒業後は、アントニアも私のビジネスを手伝っていたし、生活には少しも困っていなかったんだから」アリーズがこれほど腹を立てたのは、生まれて初めてのことだった。「ミスター・ステファーノス、あなたの弟さんはアントニアに結婚を申し込んだのよ。彼は一週間以内に連絡すると約束して、家族に婚約を報告するためにアテネに戻ったのに……」その後、ジョージジョウから連絡がとだえ、妹が嘆き苦しんだ時のことを思い出し、アリーズは涙が出そうになった。

「ジョージジョウは、アテネに戻った翌日に事故に遭ったんだ。彼は病院に担ぎ込まれ、何週間も意識不明の状態だったが、やがて意識が戻り、自分の怪我《けが》のひどさを知った。そんな自分に結婚する資格はないと思ったんだろう」

「せめて手紙でもくれればよかったのに！」アリーズは悔しさをぶちまけた。「彼が連絡してくれなかったせいで、アントニアは何カ月も苦しみ続けたのよ。それに、ミスター・ステファーノス、あなたは妹を見くびっているわ。妹は怪我ぐらいでジョージョウを拒むはずはなかった。彼を愛していたんですもの」

「そして、愛はすべてを克服する、というのが君の意見なのかな？」

アリーズの瞳が怒りに青くきらめいた。「アントニアはそういう子だったわ」彼女は誇らしげにあごを上げた。

アレクシ・ステファーノスは無遠慮に彼女を眺め回した。「そういう君は、ミス・アンダースン？君は男にそれほど揺るぎない忠誠をささげられるのかね？」

アリーズはその問いかけを無視した。沈黙が流れた。お互いの息遣いが聞こえるほどだった。

「なんとか、この状況の解決策を探ってみてはどうですか？」穏やかな声に、アリーズはデスクの向こうに座った眼鏡の男を振り返った。弁護士は彼女からアレクシ・ステファーノスへと視線を移した。

「アリーズの弁護士として言いますが、彼女はただちに養子縁組を申請するつもりだと思いますよ」

「独身女性のミス・アンダースンに、弟の息子に対する僕の権利を剥奪《はくだつ》するだけの資格はないね」アレクシ・ステファーノスはさらりと言ってのけた。

「あなたが既婚者ならね」そう言いながら、アリーズは弁護士に問いかけるような視線を向け、彼が無言でうなずくのを見て満足感を味わった。「あなたは結婚してるの、ミスター・ステファーノス？」

「いや」彼は平然と答えた。「近いうちにそうするつもりだ」

「あら？婚約なさってるわけ？」アリーズがこれほど意地悪な態度に出るのは、かつてないことだった。

「僕の結婚問題はどうでもいい、ミス・アンダースン。それに君には関係ないことだ」

「まあ、そんなことなくてよ、ミスター・ステファーノス」アリーズは愛想よく言った。「もし結婚がジョージを引き取るうえで不可欠の条件なら、私もできるだけ早く夫を持って、あなたに対抗しなくちゃ」彼女は弁護士に向き直った。「そうすれば、訴訟に有利になるんでしょう？」

ヒュー・マナリングは見るからに気まずそうな様子だった。「甥《おい》ごさんに父親代わりを与えるだけの目的で、あわてて結婚に走るような愚行はやめたほうがいい。きっとミスター・ステファーノスは、あなたの動機が不純だと異議を申し立てますよ」

「こちらだって、彼の動機に異議を申し立てるわ。彼が急いで結婚するつもりならね」

「いっそのこと、あなたがた二人が結婚できればねえ。そうすれば、子供には安定した家庭ができるし、児童福祉局を相手にどちらが子供を引き取るかで、長々と揉《も》めずにすむんですが」

アリーズはあきれ顔で弁護士を見つめた。「冗談でしょう？」

弁護士はわずかに肩をすくめた。「便宜上の結婚というのは、そう珍しくもありませんからね」

「そうでしょうね」アリーズはいつにないとげとげしさで答えた。「でも、ミスター・ステファーノスがそんな方法で妥協するとは思えないわ」

「どうしてそう言いきれるんだね、ミス・アンダースン？」もったいぶった問いかけが、彼女の神経を逆なでするように響いた。

「当然でしょう。そんな解決策は愚の骨頂だわ」

「そうかな？」アレクシ・ステファーノスの微笑に、アリーズは鷹《たか》の鋭い爪に捕らえられた鳩《はと》になったような気がした。「僕はなかなかの名案だと思うよ」

「でも私は、あなたみたいな男性との結婚に縛られるなんていやだわ！」

アレクシ・ステファーノスは顔色一つ変えなかったが、その瞳に険しさが宿った。アリーズは身震いしたい衝動を抑え、自衛本能から両手を握り締めた。

「これ以上話を続けても無駄ですわね」アリーズは優雅な身のこなしで立ち上がった。「ごきげんよう、ミスター・マナリング」ことさら丁重に挨拶したあと、彼女は険のある目つきで憎い相手をにらんだ。

「失礼します、ミスター・ステファーノス」

なんとかとりなそうとする弁護士を無視して、アリーズはドアに向かい、オフィスから立ち去った。

一気に怒りが爆発したのは、車に戻り、渋滞する道路を走っていた時だった。

何よ！　アレクシ・ステファーノスなんて！　アリーズは指の関節から血の気がうせるほど強くハンドルを握り締めた。静かな怒りに全身をたぎらせた彼女が、事故一つ起こさずにブティックにたどり着けたのは、まさに奇跡としか言いようがなかった。

2

アリーズがブティックの店長ミリアム・スタンフォードと打ち合わせをし、在庫を調べ、客の応対に追われているうちに、その日の午前中は過ぎてしまった。昼近くに仕事から解放された彼女は、家に帰ってようやく人心地がついた気分になった。

ベビーシッターが帰ると、アリーズは早速、汚れ物を洗濯機にほうり込み、家事をいくつかこなして、ジョージが目覚めるのを待った。

彼を着替えさせ、ミルクを飲ませたあとは、午後の散歩だ。ジョージは出かけるのが好きらしく、アリーズにベビーカーに乗せられると、うれしそうに笑った。

外の空気は冷たくさわやかで、広い郊外の通りに並ぶ木々のすきまから、冬の日ざしがもれていた。アリーズは幼い甥《おい》の表情や動作の一つ一つに顔をほころばせながら、快活に歩いていった。ジョージは元気いっぱいで、日ごとに目に見えて成長しつつあった。

今朝の弁護士事務所での一件を思い出し、アリーズはふと真剣な面持ちになった。ジョージから引き離されることが本当にありうるのかしら？　あの憎たらしいアレクシ・ステファーノスの申し立てが認められるのかしら？　とにかく、できるだけ早く弁護士に電話すべきだわ。

家に戻ったアリーズは、ジョージを風呂に入れた。動き回る小さな体をなんとか洗い終え、タオルでふくと、ベビーパウダーをはたいて、清潔な服を着せた。それからミルクを与え、ベビーベッドに寝かしつけた。

次にヒュー・マナリングに電話をした。

「私がジョージを失う可能性はあるんですか？」アリーズは挨拶《あいさつ》を抜きにして、単刀直入に尋ねた。

「こういう問題はけっこう時間がかかるんですよ」弁護士は言葉を濁した。「法的には、児童福祉局が各希望者の子供を養育する能力を調査して、最終的な決定が下されるわけです」

「ここだけの話ですが、どちらが有利なんです？」

「事実は無視できませんよ、アリーズ。アレクシ・ステファーノスの経済状態を調べてみましたが、彼はたいへんな資産家ですからね」

背筋に悪寒が走り、アリーズは身震いをこらえた。

「私の資産など足もとにも及ばないって言うんですね？」

「もちろん、あなたは同じ年ごろの若い女性たちが羨《うらや》むほどの財産をお持ちだ。しかし、彼の資産とは比べ物にならないでしょうね」

「あんな男！」アリーズの唇から悪態がもれた。

「重要なのは子供自身の幸福ですよ」弁護士は穏やかにたしなめた。「明日までにこちらの申請書を用意しておきましょう」

とてもまともな食事を作る気分ではなかった。アリーズはオムレツとサラダと果物だけで夕食をすませた。

食後は縫い物の仕事が待っていた――とにかく、今朝、外注スタッフから持ち込まれた小さなスモック・ドレスの刺繍《ししゅう》だけはやっておきたかった。もっとも、ブティックの在庫にはまだゆとりはあるのだが。

皿を洗い終え、洗濯物をたたむと、アリーズはビニールの袋からスモック・ドレスの束を取り出し、居間でくつろぎながら刺繍を始めた。確かな手つきで一針一針を丹誠こめて仕上げては、また糸を通して、次のドレスに取りかかった。

ああもう！　低いいらだちの声が、居間の静寂を引き裂いた。一時間にこれで三度目だ。アリーズは指先にぽつんと盛り上がった血を眺めてから、情けなさそうに宙を仰ぎ見た。

この一着だけ。そうしたら、今夜はおしまいにしよう。別に急ぎの仕事ではないので、コーヒーを片手にテレビの前でくつろいでもよかったのだ。だが今夜は、緊張をときほぐすために、仕事に没頭せずにはいられなかった。

彼女が刺繍したベビー服は、《アリーズ》というブランドで販売されている。彼女は努力で趣味をビジネスとして成功させたのだ。今では、モダンなショッピング・センターにブティックを構え、自分のものばかりか、輸入ブランドの子供服まで扱うようになっていた。

五分後、ようやく刺繍が仕上がり、アリーズはほっとため息をついた。彼女は思い切り両手を伸ばし、凝った肩の筋肉をほぐした。

静かな家の中に、ジョージの泣き声がこだました。アリーズはあわててミルクを温め、彼に飲ませると、改めて寝かしつけた。

通りしなに廊下の鏡をちらっとのぞいたアリーズは、はっとして立ち止まった。このところ心痛と食欲不振のせいで、ただでさえ小柄な体がさらにやせ細っている。陰鬱《いんうつ》な青い瞳の下にくまができ、顔もげっそりとやつれた感じだった。

数分後、熱いコーヒーを手に居間の椅子に座り込んだアリーズは、話し相手が欲しいと切実に思った。もし両親が生きていれば、話は違っただろうが、二人とも、アリーズが高校を出た一年後に前後して亡くなっていた。おかげで彼女は、仕事と感じやすい年ごろだったアントニアの世話に追われ、友人たちともすっかり疎遠になってしまった。

突然、静けさを破って玄関のチャイムが鳴った。

こんな遅くにだれだろうといぶかりながら、アリーズは急いで応対に出た。

チェーンがかかっているのを確認してから、警戒ぎみに尋ねた。「どなた?」

「アレクシ・ステファーノスだ」

ステファーノスですって。アリーズはとっさに目をつぶった。最初の驚きが怒りに変わっていく。

「どうしてうちの住所がわかったの?」

「電話帳で調べたのさ」彼の声には明らかに皮肉がこめられていた。

「よくここに顔が出せたものね?」募る不安を精いっぱい無視して、アリーズは言い放った。

「八時半なら、そう失礼な時間じゃないだろう?」厚い木製のドアを通して、彼のもったいぶった声が聞こえてきた。アリーズは腹立ちまぎれに深く息を吸ってから、ゆっくりと吐き出した。

「あなたに話すことなんか何もないわ」

「伯父が実の甥を訪ねてきちゃいけないのかな？」

なぜだかわからないが、その嘲《あざけ》るような口調に、アリーズは背筋が寒くなった。何よ、この人！　自分を何様だと思っているのかしら？

「ジョージは眠っているわ、ミスター・ステファーノス」

アリーズの素っ気ない言葉が不気味な沈黙を呼んだ。彼女は無意識のうちに息を殺して、彼が立ち去るのを待った。

「ミス・アンダースン、眠っていようと、起きていようと大差はないだろう」

アリーズはまぶたを閉じ、うんざりしたようにため息をついた。アレクシ・ステファーノスは、鉄の意志を持つ頑固者らしい。今夜、彼を追い返したところで、明日またやってくるだろう。そして、結局は自分の目的を果たすのだ。

チェーンをかけたまま、アリーズは少しだけドアを開けた。アレクシ・ステファーノスは、今朝のスーツ姿から明るいグレーのズボンと地味めのセーターに着替えていた。たとえドアを隔てていても、彼の存在が威圧的であることには変わりなかった。

「ジョージを誘拐しないと約束してくださる？」

彼の瞳がきらりと光り、それから無表情に戻った。張り詰めた顔の筋肉が、無言の怒りを表している。

「ここで誘拐しても、何の得にもならないよ」アレクシはきっぱりと言いきった。「それより、あまり非協力的な態度をとると、君が不利になるんじゃないかな」

アリーズは反論したいのを抑えて、チェーンを外し、彼が入れるよう戸口から退いた。

「どうもご親切に」

その皮肉な言葉に、アリーズはかっとなるのを必死に我慢した。「ジョージの部屋は家の奥よ」

振り返りもせずに、アリーズは先に立って歩いた。

彼がすぐあとについてくるのがわかった。アリーズの歩調は無意識のうちに速くなり、廊下の突きあたりに着くころには少し息が切れていた。

アリーズは慎重にドアを開け放った。廊下の明かりが部屋の中を照らし出す。ジョージが生まれる数カ月前に子供部屋に改造されたその部屋は、広々としていて、白く塗り替えられたばかりの壁には水彩画が飾られ、天井からはカラフルなモビールがいくつか下がっていた。

彼が何かけちをつけはしないかと、アリーズはちらっと視線を走らせたが、その表情にはまったく変化が見られなかった。

自分が無言の争いの対象になっていることを感じたのか、ジョージが寝返りを打って、むずかり出した。小さな脚で毛布をけ飛ばすと、彼はまたおとなしくなった。

アリーズは大声で叫びたかった。ジョージは私のものだと。だれにも彼を渡しはしないと。

そんな胸の内が、彼女の表情に出ていたのだろうか。アレクシ・ステファノスはいかついあごを引き締め、ベビーベッドから退いた。彼に続いて部屋を出たアリーズは、そっとドアを閉めた。

アレクシは特に帰りを急ぐ様子もなく、勝手に居間に入っていくと、ズボンのポケットに手を突っ込んで立ち止まった。

「ちょっと話をしないか？」アリーズに値踏みするような視線を浴びせながら、彼は提案した。

「お話しすべきことは、今朝、すべてお話ししたはずですけど」

ぞっとするほど暗いまなざしにくぎづけにされて、アリーズは思わず口走った。「ジョージョウ自身が彼の息子をこれだけ大事に思ってくれればよかったのに」

「じかたない状況だったんだ。君にだってわかるだろう」

「彼が本当に妹を愛していたのなら、誰かを通じて——たとえばあなたから——妹へ連絡させたんじゃなくて。怪我《けが》でたいへんだったことはわかるけど、彼が責任を放棄したことには変わりないわ」

アレクシの視線は揺るがなかった。「弟は、アントニアが自分ではけっして見ることのできない子供を宿したと知って、ずいぶん苦しんだと思うよ」

「何もかもめちゃくちゃになった中で、唯一残された希望がジョージなのよ」

アレクシは彼女をじっと見つめてから、ようやく口を開いた。「君にも理解してもらいたい。あの子はステファーノス家の一員として育てるしかないんだ」

彼の固い決意を知ってアリーズは急に不安に駆られた。「なぜ？　独身のあなたにできることは、乳母を雇うことだけじゃない。たとえ住み込みの乳母を雇っても、私の愛情と世話にかなうはずないわ」

アレクシは厄介な重荷を背負い直すように、ほんの少し肩を上げた。その表情からは何も読み取れなかった。

「君だって、ベビーシッターという通いの乳母を雇っている。そうだろう？　確かに君は、仕事をうまくこなしているかもしれない。だが、僕の甥は日に日に大きくなり、活動量も増え、ますます監視の目が必要になってくる。今、君が仕事の一部を人に任せているように、ジョージと過ごす時間の分だけ仕事は人任せになる。君の世話と僕の世話がそれほど違うとは思えないね」

「そんなことで私が降参すると思ってるの？」アリーズは腹立たしげにきき返した。

「なんだったら、君の口座にかなりの額を振り込んでもいいんだがね」

アリーズはかぶりを振った。自分の耳にしたことが信じられなかった。「賄賂《わいろ》ってわけ、ミスター・ステファーノス？　いくらお金を積まれても、私はアントニアの子供を手放したりしないわ」アリーズは軽蔑《けいべつ》しきったまなざしを彼に向けた。普通の男性なら、これでしゅんとなるところだ。「では、そろそろお引き取りいただけます？」

「まだ話が終わっていないよ」

この人の皮膚は犀《さい》より分厚いに違いないわ！　アリーズは怒りで全身が熱くなった。「今すぐに出ていかないと、警察に電話するわよ！」

「お好きなように」アレクシは平然と受け流した。

「ここは私の家なのだから！」アリーズは語気荒く言った。

アレクシのまなざしは暗く、威嚇的だった。「君は今朝、法的な話し合いの場をけって出ていった。そして今度は、ジョージの幸せについての話し合いも拒否している」彼はじろじろとアリーズを眺め回し、彼女の頬が赤くなるのを見て、皮肉な笑みを浮かべた。「警察は僕に同情してくれるだろうね」

「でも、きっとあなたをほうり出すわ！」

「僕に立ち去るよう勧告するだけさ」アレクシは訂正した。「そして、以後の君との話し合いは、弁護士を通して進めることになる」彼はいったん言葉を切った。その瞳には揺るぎない強い意志がうかがえた。「弟の子供には、ステファーノス家の財産を受け継ぐ権利がある。ジョージョウもそれを望んでいたはずだ。もしアントニアが生きていれば、彼女も自分の息子が恋人の家族から認知され、彼が受けるべき財政的な恩恵を与えられることを望んだんじゃないかな」

アリーズの目が鋭くなった。「私はあなたとあなたの家族を徹底的に調査するつもりよ」

この脅しは空振りに終わった。アレクシは皮肉な笑みを浮かべただけだった。

「じゃあ、正式な調査の前に、僕から情報を教えてあげよう」

この嘲りの奥には、敵意のある怒りが感じられた。アリーズは恐怖のあまり寒気を覚えた。

「僕の父と継母《ままはは》はアテネに住んでいる。もっとも、僕は二十歳の時に生まれ故郷のギリシアを離れ、オーストラリアに移住したけどね。最初はシドニーに住んでいた――建築会社で日曜日も関係なく働いたよ。三年後、僕はゴールド・コーストに移り、そこで土地を買い、家を建てて、建設業を始めた。以来十三年間、うちの会社は着実に業績を伸ばし、今では業界で確固たる地位を築いている。つまり……」アレクシは淡々と続けた。「僕には児童福祉局からお墨つきがもらえるほどの富があるわけだ」

「完全な情報とは言いがたいわね、ミスター・ステファーノス」アリーズは容赦なく一蹴《いっしゅう》した。

「どこまで調べれば気がすむんだ？　僕の母はポーランド人で、おかげでアレクシなんて珍しい名前をつけられたからといって、僕を非難できるのかい？　彼女が僕の幼いころに亡くなったのが、問題になることなのか？」つらい過去を思い出したのか、彼の瞳が暗く陰った。「それでも足りないのかな、ミス・アンダースン？　確かに父は、妻を失った悲しみを癒《いや》してくれた優しいイギリス女性と再婚し、彼女は男の子を一人産んだが、あいにくと、僕がステファーノス家の長男の地位を追われることはなかったし、父の愛情が僕から離れることもなかったよ。母親というものを知らなかった僕にとっては、継母が本当の母親だし、僕たちはつねに連絡を取り合い、毎年少なくとも一度はお互いを訪問し合っているんだ」

「そしてジョージジョウが亡くなった今、彼らはジョージの人生に深くかかわりたがっているのね」アリーズは奇妙に抑揚のない声で言った。彼女は思いがけないアレクシの怒りに圧倒されていた。

「どうしてそう身勝手なんだ？　ジョージの存在が彼らにとってどれだけ大切なものか、君にはわからないのか？」アレクシはアリーズを問い詰めた。

「私にとっても大切なのよ」アリーズは悲痛な思いで叫んだ。「もしアントニアがジョージジョウに手紙を書かなかったら、もし……」

「勝手な偏見で事実を曲げるんじゃない」アレクシ・ステファーノスはきっぱりと制した。「手紙は確固たる証拠として残っている。僕はジョージの父親のつもりだ。この気持は嘘《うそ》じゃない」

「私だって、彼の母親のつもりなのよ！」アリーズは怒鳴った。

「君にはなんらかの形で歩み寄る気はないのか？」

「歩み寄る？　そういうあなたには、歩み寄る気はあるの？　どうして私が、幸せな結婚の夢を捨てなくちゃならないのよ？」

アレクシはかすかに目を細めた。「花婿候補が大勢控えているのかな、ミス・アンダースン？　君の癇癪《かんしゃく》を征服し、勝てると思い込むほどばかなやつが？」

「じゃあ、あなたはどうしてそう思えるの？」

アレクシは愉快そうに瞳を輝かせ、彼女の唇から胸のふくらみへとゆっくり視線を移していった。露骨なまなざしにさらされて、アリーズの頬が赤く染まった。

「僕は女性経験を積んでいるからね。君は男の支配を嫌いながらも、君の言いなりになるような腰抜けには我慢できないタイプだろう」面白がっているような視線を受けて、アリーズは声もなく立ちすくんでいた。興奮とは異なる戦慄《せんりつ》が全身を駆け抜け、神経があわだったような感じだった。官能的な感覚と恐怖に全身の血が騒いだ。

「私は絶対にあなたとは結婚しないわ、ミスター・

ステファーノス！」

「この国でもトップクラスの弁護士が、僕の養子申請は認められると請け合っている。今朝、ヒュー・マナリングのオフィスに出向いたのは、弟が事故で亡くなったという事実を伝えておいたほうがいいと考えたからだ。ジョージの将来については……」アレクシはもったいをつけて言葉を切った。「君がかかわれる方法は結婚しかない――僕とのね」

「私を脅し、買収しようとしたあげく、今度はあなたと結婚しろって言うの？」ふつふつとこみ上げていた怒りが、一気に爆発した。「ミスター・ステファーノス、あなたって本当にひどい人だわ！」

アレクシはじっとアリーズを見つめていたが、やがて冷ややかな声で言った。「自分でチャンスをつぶす前によく考えてみることだね」

アリーズは彼をにらみつけた。彼自身と、彼が提示する現実が憎くてならない。「この家から出てって、今すぐに！」悲鳴に近い怒りの言葉を投げつけながら、彼女は居間から飛び出した。

ホールに出ると、アリーズは玄関のドアを開けようとしたが、アレクシに肩をつかまれて、大きくあえいだ。彼はいともやすやすとアリーズを振り向かせた。

その威圧的な顔を見ただけで、彼が何をするつもりかはわかった。アリーズは力強い手の下で必死にもがいた。

「君にはしつけが必要だな」

彼が怒っているのは明らかだ。アリーズはなすべもなく歯を食いしばり、彼の唇を避けようとしたが、唇を噛《か》まれて思わず叫んだ。心まで踏み荒らすような強引なキスに、アリーズは声にならない悲鳴をあげた。

唐突に始まったキスは、やはり唐突に終わった。アリーズは瞳に憎しみをこめ、壁にもたれかかった。

その時、子供部屋から大きな泣き声が聞こえてきた。アリーズはおぼつかない足取りで子供部屋に向かった。ジョージのベッドに歩み寄ると、彼女は身をかがめて、小さな体を抱き上げた。ジョージはベビーパウダーとせっけんの香りがした。柔らかな肌に頬ずりしながら、アリーズは彼をしっかり抱き寄せた。

ジョージの泣き声は次第に低いしゃくり上げるような声に変わった。アリーズは込み上げる涙を押しとどめようとしたが、涙は彼女の意思に関係なくその両頬を流れ落ちていった。

今朝まではすべてがうまくいっていたのに。あれから十二時間もたたないうちに、アレクシ・ステファーノスが何もかもめちゃくちゃにしてしまった。

アリーズは、子供部屋までついてきた彼女の不幸の元凶を振り返った。

「あなたは最低の男よ！」アリーズは小声で罵倒《ばとう》した。「あなたには良心ってものがないの？」

「ことジョージに関する限り、そんなもの持ち合わせていないね」アレクシ・ステファーノスは平然と言ってのけた。

「あなたの提案は精神的な脅迫よ！」アリーズのとげのある声に驚いて、ジョージがぐずり出したが、彼女に優しく揺すられるとまたおとなしくなった。

「僕が提案しているのは、ジョージのための両親と安定した家庭だ」アレクシはきっぱりと断言した。

「お互いに好意さえ持てない二人が結婚しても、安定なんて望めないでしょう？」ひどい男――自分をなんて買いかぶっているのかしら？

だが、アレクシ・ステファーノスは自分の立場を正確に把握しているのだ。そう思うと、アリーズは寒気がして華奢《きゃしゃ》な体が震えた。

「選択肢ははっきりしている」アレクシは彼女の発言を無視して続けた。「どちらを選ぶかは君の自由だ。明日の夜までに結論を出してくれ」

彼はぼんやりしているアリーズを残して、子供部屋を出ていった。ドアの閉まる低い音を聞いたとたん、アリーズは彼の冷静さに気づいて慄然とした。

3

アリーズはずいぶん長い間、その場にたたずんでいた。やがてジョージをベッドに寝かせ、玄関の鍵《かぎ》をかけてから、重い足取りで自分の部屋に向かい、服を脱ぎ捨ててぐったりとベッドに横たわった。

何よ。何よ、あんな人。アリーズは悔しそうにつぶやいた。アレクシ・ステファーノスに、こんなひどい目に遭わされる覚えはない。彼女は生まれて初めて、激しい疑心暗鬼にさいなまれていた。

次々と悪い想像が心に浮かんでくる。児童福祉局の決定は絶対なのだと思うと、アリーズは絶望のあまりきつくまぶたを閉じた。

もしアレクシ・ステファーノスの申請が認められ

れば、彼はジョージを何千キロも離れた東海岸に連れ去ってしまうだろう。そうなれば、ジョージに会うためには、アレクシ・ステファーノスの許可が必要になる。しかも仕事のことを考えると、クィーンズランドのゴールド・コーストなど年に一度行けるかどうか怪しいものだ。

そうなった場合を想像しただけで涙が込み上げ、アリーズはまた悪態をついた。これが離婚した両親なら、子供の親権を共有できるのに。

でも離婚するためには、まず結婚しなくちゃ。アリーズは考えを巡らせた。そうね、たぶん……。いえ、そんなこと不可能よ。そうでもないかしら？　一どれくらい結婚生活を続ければいいのかしら？　一年？　まず二年以上ってことはないわよね。アリーズの頭はめまぐるしく回転した。

もし結婚するなら、ミリアムに収益から一定の歩合を渡す契約書を作成して、ブティックが繁盛し続けるようにしないといけない。この家は貸せばいいわね。車は売り払うことになるけど、それぐらいはしかたないわ。離婚して戻ってきた時、新しいのを買えばいいんだもの。

青い瞳に考え深げな色が宿り、アリーズのふっくらした口もとにかすかな笑みが浮かんだ。

明日、アレクシ・ステファーノスが連絡してきたら、思い切り従順にふるまおう。ジョージを手放さないためなら、一生のうち一年や二年棒に振ってもかまわない。

アントニアが亡くなって以来六週間ぶりに、アリーズは夢も見ずにぐっすりと眠り、はればれとした気分で朝を迎えた。

しなければならないことがたくさんあった。アリーズはリストを作成し、機械的に用件を片づけていった。

ヒュー・マナリングに電話して確認した結果、アレクシ・ステファーノスと結婚すれば、児童福祉局の手続きも形式的なものにすぎなくなることがはっきりした。弁護士は彼女が賢明な方法を選んだことを喜んだ。アリーズは適当に調子を合わせ、離婚まで計算に入れていることは伏せておいた。

ミリアムも昇進を喜び、できるだけブティックの経営を任せてほしいとやる気を見せた。

夕方近くまでに、すべての手配を終えると、アリーズはほっと一息ついた。料理を作るのがおっくうだったので、今夜の食事もコールド・チキンとサラダですませた。

七時から八時の間に二度、電話がかかってきた。だが、どちらもアレクシ・ステファーノスからではなかった。

どうして彼から電話が来ないのだろう。不安に駆られて、くよくよと思い悩んでいたアリーズは、突然の電話のベルにはっと身を硬くした。まもなく九時になろうという時だった。

今度こそ彼だわ。アリーズはベルが五回鳴るのを待って受話器を取り上げた。

「アリーズ？」少し訛《なまり》のある間延びした声は、聞き違えようがない。なれなれしく名前で呼ばれて、アリーズは気分を害した。「結論は出たかい？」

ろくに挨拶《あいさつ》もしないで！　アリーズはむっとした。慎重にね。もう一人の彼女が警告した。計画をぶちこわしたくはないでしょう。「ええ」

しばしの沈黙が二人の間に訪れた。彼女が先を続けないと見て、アレクシはからかうようにきいた。「拷問でも受けない限り、結論を教えないつもりかな？」

これがジョージのためでなければ、受話器をたたきつけてしまうのに。アリーズは堅苦しい口調で答えた。「検討した結果、あなたの提案を受け入れることにしました」

「来週の初めに、両親がアテネからやってくる」アレクシは唐突に切り出した。「二人とも、ジョージに会うのを楽しみにしているんだ。だから、金曜日に君たちを連れてクィーンズランドに戻ることにしたい」

「そんな急には無理だわ」彼の押しの強さに圧倒されて、アリーズは文句を言った。

「引っ越しはプロの業者に任せるんだな」アレクシの口調はあくまで事務的だった。「必要なものはすべて航空便で送り、残りは倉庫に預けることだ。家はしかるべき貸家仲介業者に委託し、管理はブティックのほうでやらせればいい。ヒュー・マナリングに委任状を作成させ、今後の打ち合わせをしておくといいよ。すべて電話で片づくはずだ。児童福祉局を納得させるために、結婚式はパースでやろう――できれば木曜日に。ジョージの養子縁組に関する書類もそれまでには用意できるだろう。それで僕たちは煩わしい手続きなしで、晴れて彼を州外に連れ出せるわけだ」

「ああもう」アリーズはうろたえぎみに息をついた。「本当に時間を無駄にしない人ね！」

「僕の連絡先を教えておく」アレクシは彼女の言葉を無視して、先を続けた。彼が告げる電話番号を、アリーズはあわててメモした。「何か質問はあるかな？」

「少なくとも十はあるわ」アリーズは皮肉たっぷりに言った。

「その質問については、明日の夜、食事する時に答えることにしよう」

「たくさんすることがあって、とても食事どころじゃないわよ！」

「夕方六時に迎えに行くよ」

電話の向こうで受話器を置く音がした。アリーズはいらだたしさに叫び出したい気分だった。私は何を期待していたのかしら――ちょっとしたおしゃべり？　アレクシ・ステファーノス、今に見ていなさい！

アリーズはミリアム・スタンフォードに電話をかけ、明日は一日仕事ができるかどうか確認し、自分の今後の予定を伝えて、明日の午後、一度店に顔を出すと約束した。

その晩、眠れない夜を過ごしたアリーズは、翌朝、夜明け前には起き出した。するべきことが山ほどあった。彼女は息つく暇もなく、古い大きな家を徹底的に掃除し、まだ手つかずの状態だったアントニアの持ち物を心を鬼にして整理した。

それはつらい作業だった。どの品にも、若くて陽気な娘だったアントニアの思い出が、姉妹が幸せに暮らした日々の記憶がしみついていた。残された写真を眺めていると、彼女がもうこの世にいないことがとても信じられなかった。

アリーズはなんとかアレクシ・ステファーノスのことを考えないようにしたが、軽い不安を覚えずにはいられなかった。ジョージをベビーシッターに預けると、浴室でシャワーを浴び、それから食事に出かける準備を始めた。

ドレスは襟もとの開いた濃いサファイアブルーの細身のものを着ていくことにした。念入りに化粧をすませたアリーズは、肩まで伸びた金褐色の髪をブラッシングし、ヴァン・クリーフ&アーペルの香水をつけた。アクセサリーはダイヤモンドのペンダントとおそろいのイヤリング、ブレスレットを選んだ。

六時五分前になると、ベビーシッターと最後の確認をすませ、ジョージの額に軽くキスしてから居間に向かった。一歩踏み出すごとに、胃がきりきり痛むような気がした。

こうしてまた彼と顔を合わせるはめになると、アレクシ・ステファーノスほどの男を手玉に取ろうと考えた自分が愚かに思えてくる。彼が若い娘など朝食代わりにいただいてしまう男であることは疑いようがなかった。十九歳のうぶな小娘ではないとはいえ、アリーズの男性経験は、プラトニックな友情に限定されるお粗末なものだった。これではとうてい彼を相手に演技などできそうにない。

それでも、演技するしかない――少なくとも彼のくれる結婚指輪をこの指にはめるまでは。それから先は、結婚生活のルールを定めて、離婚の時機をうかがえばいいのだ。

アレクシ・ステファーノスは時間に厳しい性格らしかった。アリーズが玄関ホールに出たちょうどその時、砂利を噛《か》むタイヤの音が聞こえ、続いて車のドアが閉まる音がした。

アリーズは自分が極度に緊張しているのがわかった。前に進み出て、玄関のドアを開けるには、かなりの勇気が必要だった。

戸口に立っていたアレクシ・ステファーノスは、きちんとダークスーツを着込み、いかにも洗練された紳士といった感じがした。むせ返るほどの男らしさを発散しながらも、彼の丁重なうわべの下には、鉄の意志を持った男の恐ろしさが潜んでいた。

「やあ、アリーズ」嘲《あざけ》るような口調に、アリーズは速まる動悸《どうき》を無視して、むこうみずに相手の目を見返した。

彼の官能的な口もとを見たとたん、アリーズは昨夜の強引なキスを思い出した。ただのキスだけであれほど他人を蹂躙《じゅうりん》できるものだろうか。

いぶかしげなまなざしに気づき、アリーズは彼を中に招き入れながら、礼儀正しく挨拶した。「いらっしゃい、ミスター・ステファーノス」

「アレクシと呼べないのかな？」彼は露骨な皮肉を浴びせた。

アリーズは思わず反論しそうになったが、ぐっと我慢した。落ち着いて――怒ったら何もかもだいなしよ。彼女はさりげない抵抗の言葉を選んだ。「あなたがどうしてもと言うなら。どうぞ、お入りになって。何か飲み物でも？」

「君がどうしてもと言うのでなければ結構だ。そろそろ出発しないと」アレクシはさらりと反撃した。「六時半にテーブルを予約したんでね」

アリーズは無言で彼の先に立ち、車に向かった。アレクシがドアを開けるのを待って、彼女は助手席に乗り込んだ。アレクシは運転席に滑り込み、車をスタートさせた。

「どこで食事をするのかしら？」会話のきっかけとしては情けないほど陳腐な台詞《せりふ》だが、黙っているよりはましだ。

「僕の泊まっているホテルだ」

アリーズはあっけに取られて振り向いた。「だったら、わざわざ迎えに来てくださらなくても、私のほうから出向いたのに」

「そして、女性の自立を守るわけか？」アレクシはちらっと彼女を品定めするように見てから、視線を交差点の信号に戻した。

「帰りはタクシーを使うわ」

アレクシは愉快そうに片方の眉をつり上げた。信号が変わり、車が走り出した。「できない相談だね」

その落ち着き払った態度に、アリーズは彼をひっぱたいてやりたい衝動に駆られた。

「あなたの男の沽券《こけん》にかかわるから？」アリーズが甘えた口調で尋ねると、アレクシは低く笑った。

「関係ないさ。だが、未来の妻にそんなまねをさせるわけにはいかない」

アリーズは思わずまぶたを閉じた。それが彼に対する怒りを抑え込む唯一の防壁だった。

彼女の内心の葛藤《かっとう》を感じたのか、アレクシは音楽をかけ始めた。アリーズはヘッドレストにもたれ、高層ビル群やゆったりとした川の流れを眺めた。

そのホテルは、アリーズにも馴染みがある所だったが、中のレストランは初めてだった。テーブルに案内されると、アレクシはドン・ペリニヨンを注文し、彼女のグラスに注《つ》いだ。これで少しでも元気づけられればと期待しながら、アリーズはその高価なシャンパンをすすった。

アレクシはウェイターとメニューの相談をし、アリーズの希望も確認した。注文をすませると、彼はゆったりと椅子にくつろぎ、アリーズをさりげなく観察した。

「僕がどういうふうに手配したのか、知りたくないのかい?」

アリーズはシャンパンをあおり、グラスをテーブルに置いた。「きっとあなたのほうから話してくれると思ったのよ」炭酸の泡が胃の中ではじけ、全身にぬくもりが広がっていく。

「木曜日の十一時に登記所へ行き、二時にヒュー・マナリングと打ち合わせをする。それから、三時に児童福祉局に出向く。金曜日には、昼前の経由便でゴールド・コーストに発《た》つんだ」アレクシは皮肉っぽく告げた。

アリーズの始めた芝居は、とんでもない方向に展開していきそうだ。アレクシの無遠慮な視線が煩わしくてならなかった。

「今さら撤回はできないからね」アレクシは危険なほど滑らかな声で宣言した。「僕たちが結婚する理由ははっきりしている。だから、そのつもりでいてくれたまえ」

「私がお情けに感謝してひざまずき、あなたの足にキスするとでも思って?」アリーズの冷ややかな声に、彼のブルー・グレーの瞳に残酷な光が宿った。

「気をつけてくれ。他人の前では礼儀正しくふるまうべきだ」アレクシは値踏みするような視線を彼女に向けた。「二人きりの時は、好きなだけ僕にはむかうといい」

「二人きりになれば、あなたに大怪我《けが》させてしまうかもしれなくてよ！」

「僕が反撃しないなんて思うなよ」アレクシはもったいぶって言った。

「やってごらんなさいよ。暴行罪であなたを訴えることになるから！」

アレクシは目にとまどいの色を浮かべた。瞳の色が暗い嵐《あらし》の海を思わせる。「僕は肉体的な虐待をほのめかしたつもりはないんだがね」

その言外の意味に気づいたアリーズは、愕然《がくぜん》として目を見開いた。込み上げてくる怒りを必死で抑える。「精神的だろうと肉体的だろうと、虐待が見下げた行為であることには変わりないわ」

「だったら、おとなしくしていることだな」

「あなたなんかと結婚しようとするなんて、私、頭がどうかしてたんだわ！」アリーズは苦々しげに吐き捨てるように言った。

「すべてジョージのためさ」アレクシの皮肉めいた言葉に、アリーズは無念の叫びをあげた。

「私には選択の自由がないって言うの！」

「僕は君にジョージの母親になるチャンスを与えたんだよ」

「問題はあなたという付録がついていることよ！」

「まあ、そう捨てたものでもないさ」アレクシの微笑にはユーモアのかけらもない。「僕は美しい家に住んでいる――建設業界での僕の能力を示すモデルハウスってわけだ。親しい友人たちもいるし、娯楽には事欠かない。ゴールド・コーストはまったく退屈しない所だ。きっと君も楽しめるだろう」

「結婚のこと、いつご両親に報告するつもり？」

「もう話した。僕たちが賢明な解決策を選んだことを喜んでくれたよ」

「お二人はずっと滞在なさるの？」「質疑応答の時間かい、アリーズ？　それとも単なる好奇心かな？」

アリーズの頬は怒りで赤く染まり、青い瞳が熱っぽく輝いた。「別に変な質問じゃないでしょう」もしまわりにだれもいなければ、その顔にグラスの中身をふりかけてしまっただろう。「どうも、私は黙っていたほうがよさそうね」

「お追従のつもりかい？」アレクシは嘲笑《ちょうしょう》するように尋ねた。「もっとも、君にそんな芸当ができるとも思えないが」

「当然でしょう」アリーズはウェイターの存在を意識して、さりげなく同意した。ウェイターは器用に彼らの皿を片づけ、メインディッシュを運んできた。

グリルした魚のオランダ・ソース添えとつけ合わせの野菜は、見事な盛りつけがほどこしてあり、どんなグルメでも食指を動かしそうなものだった。だが、怒りに燃えているアリーズには、それを味わうゆとりはなかった。彼女は食後のデザートとチーズを断ったが、アレクシ・ステファーノスの食欲が今のような事態にまったく影響されていないのに気づいて、新たな怒りを覚えた。

「ところで、君のほうの準備は進んでいるかい？」アレクシが切り出した。

アリーズはきっぱりと彼の目を見返した。「すべて手配したわ――ブティックも、家を貸すことも。あとは荷作りだけよ」

「それとウエディングドレスの買い物だな」アレクシはこともなげにつけ足し、意地悪なユーモアをこめて片方の眉を上げた。

「伝統的な白いのを？」アリーズも負けじと眉を上げてみせた。

「何か不満でも？」

もちろんあるわよ！　アリーズは叫び出したい気

分だった。「教会で式を挙げるわけではないもの。そんな贅沢《ぜいたく》はいらないんじゃない？」

「僕に合わせてくれないとね」

「わかったわ！　クラシックなデザインのスーツなら文句はないでしょう。黒か赤ならフォーマルな感じにもなるし」

アレクシは椅子の背にもたれ、ゆったりとしたポーズを取った。だが、体に力が入っているのがわかる。アリーズは一抹の不安に駆られた。

「華麗な抵抗ってわけか？」うわべだけは穏やかな口調だった。「そんな格好で写真に収まれば、今から十年か十五年後に、僕たちの息子が不思議に思うだろうね」

アリーズは口を開きかけて、十年後にはとっくに離婚していると言いそうになった。二年だって十分すぎるくらいよ！「クリーム色のリネンのスーツにアクセサリーをつけ、花束を持つことにするわ」

「いいだろう。僕の希望どおりとは言えないけどね」

「救いようがないってほどでもないでしょ？」アリーズはすてばちな態度で言い返した。「あなた、燕《えん》尾《び》服に優雅なシルクのネクタイで、この茶番劇を演じるつもりだったの？」

「君はいつもこんなにけんか好きなのかい、それとも、単に僕に逆らってみたいだけなのか？」

アリーズの瞳が澄んだサファイアのようにきらめいた。「その両方だわ。私は臆病《おくびょう》な小鳩《こばと》じゃないのよ」

アレクシの口もとにけだるい笑みが浮かんだ。「どんなに荒々しい鳥でも、訓練すれば飼いならせるものさ」

激しい怒りがわき上がり、アリーズの頬がピンク色に染まった。「いかにも女性蔑視《べっし》の男の人らしい言いぐさね！」彼女は敵意をこめてアレクシをにらみつけた。「あなたがコーヒーを飲み終えたら、私は帰らせていただくわ」

「こんなに早々と？」アレクシはばかにしたように言い、ウェイターに勘定書を持ってくるよう合図した。「ナイトクラブに行く気はないかい？」

「行ってなんになるのかしら？　こんな険悪なムードなのに！」アリーズはウェイターが卒倒しそうなほど魅力的な笑みを浮かべて毒づいた。だが、アレクシはいっこうに動じなかった。

「夜が更ける前に君を帰したら、君のベビーシッターが抱いているロマンチックな幻想をだいなしにしてしまうよ」

「どうせ、私たちの結婚なんてちっともロマンチックじゃないんだもの。かまわないじゃない？」アリーズは椅子から立ち上がり、彼を無視して、さっさとレストランをあとにした。

帰りの車の中で、彼女は一言も口をきかなかった。濡《ぬ》れたアスファルトを走るタイヤの音が低く聞こえる。街は活気にあふれていた。人々が行き交い、派手なネオンが瞬く中を、車は突き進んでいった。アリーズはスワン川の水面に映る街の景色をひたすら見つめていた。

アレクシはアリーズの家に通じる私道で車を止めた。「木曜日の十時半にリムジンを迎えにやるよ。連絡が必要な時は、ホテルに電話してくれ」

儀礼的でよそよそしく、あくまでも事務的だ。まるで何もかも計算したうえで、わざと巧妙にふるまっているみたいだわ。アリーズは鬱々《うつうつ》と考えた。

「別に連絡の必要はなさそうね」そう言って、アリーズは車のドアの把手《とって》に手を伸ばしたが、意外なことに、アレクシがさっと車から降りて、彼女のためにドアを開けてくれた。

助手席から降りたアリーズは彼の意図がつかめず、一瞬とまどった。ただし、いつでも家の中に逃げ込む心積もりだけはあった。もしキスしようとしたら、平手打ちをしてやるから！

アレクシの嘲るような笑みが癇《かん》に障った。アリーズは落ち着くために深く息を吸い、堅苦しく挨拶した。「おやすみなさい」

アリーズは後ろも見ずに玄関に向かい、鍵を使って中に入ると、用心深くドアを閉めた。

慣れ親しんだ我が家は温かく、明かりがともされている。暗い影や不安はどこにもなかった。

アリーズは笑顔を取り繕って居間に入り、お金を支払ってベビーシッターを送り出した。それから、ジョージの様子を確認し、戸締まりをすませて、寝支度に取りかかった。

4

結婚式は拍子抜けするほどあっけないものだった。途中、ヒュー・マナリングがちょっとだけ顔を見せた。アリーズは結婚証明書に〝アリーズ・ステファーノス〟と書き入れた。

記念撮影をすませた二人は、市内のホテルに移動し、優雅なダイニングルームで昼食をとった。

アリーズは淡いクリーム色のロング・ジャケットとタイトスカートにデザイナー・ブランドのしゃれたアクセサリーをつけ、アレクシはすばらしい仕立てのシルバーグレーのスーツを着ていた。二人の様子は、愛し合う新婚カップルという感じではなかった。これで夫婦に見えるのかしら。アリーズは苦い思いで首をひねった。

アリーズは食欲どころではなく、オードブルやロブスターのテルミドールを、味もわからないまま機械的に口に運んだ。シャンパンですら、味気なかった。アリーズは食後のデザートとチーズを断り、濃いブラックコーヒーを頼んだ。

交わされる会話は、当たり障りのないものだった。アレクシが、ヒュー・マナリングや児童福祉局との約束に遅れないように、そろそろ腰を上げなくてはと言い出した時には、アリーズは内心、ほっと胸をなで下ろした。

「タクシーで行こう」そう言って、アレクシは舗道に足を踏み出した。

数分後、タクシーがつかまった。アリーズは無言で座席に収まり、左手に光る二つの指輪を見つめた。日ざしを受けて輝くダイヤモンドの婚約指輪と結婚指輪が、見事な対をなしている。

「よく似合うよ」

アリーズはもったいぶった声の持ち主のほうに目をやった。二人の視線がぶつかった。「シンプルな金の指輪で十分だったのに」アリーズは真剣な口調で訴えた。

「そうはいかないんだ」こめられた嘲《あざけ》りに気づき、アリーズは婉然《えんぜん》たる笑顔を作った。

「これもイメージ作りのためってことね」

アレクシは返事をしなかった。やがてタクシーは、弁護士のオフィスがあるビルの前で止まった。

十五分後、彼らは別のタクシーを呼び、児童福祉局に向かった。

お役所仕事は時間がかかるのが相場で、約束をしてあっても、なかなか予定どおりに運ばないものだが、今日も例外ではなかった。おかげで、彼らが用事をすませて外に出た時には、もう夕方近くになっていた。

「祝杯でもあげようか?」

ジョージを引き取るうえでの手続きがすべて終わり、満ち足りた気分だったアリーズは、ついうなずいてしまってから、アレクシの突き刺すような視線に気づいた。なぜか息苦しさを感じる。できれば、しばらく彼のそばを離れたかった。

「まだいくつかすることが残っているの」たいした用事ではなかったが、それを彼に教える必要はない。

「夕食の時に落ち合わない?」

「君とジョージの荷物は、ホテルに送らせるよう手配しよう。君のベビーシッターも、勤務場所が変わったくらいで文句は言わないだろう」

アリーズは唖然《あぜん》として目を見張ってから、長いまつげを伏せた。「本当にその必要があって?」

「慣習に従って、結婚生活は同じ屋根の下に暮らすことから始めるんだ。場所はホテルでも君の家でも、君の好きなほうにするさ」

「同じベッドを使わないという了解さえあればね」

「僕がそんなことを要求したかい?」

アリーズはまぶたを閉じ、それからそっと目を開けた。慎重にふるまわなくては。「荷物の多さからいえば、ジョージと私のを足したより、あなたの荷物のほうがずっと少ないはずね」彼女は肩肘の張った言い方をした。アレクシはタクシーを止め、運転手に彼のホテルの名前を告げた。

アレクシのスイートルームは十三階にあり、川の流れが一望できた。アリーズは分厚いカーペットを横切って、窓辺にたたずんだ。広々としたキングサイズのベッドの存在が気がかりでしかたなかった。

「なんでも好きなものを飲んでくれたまえ。冷蔵庫にはいろいろとそろっているし、紅茶とコーヒーもあるから」そう指示すると、アレクシは彼女の返事を待たずに、ベッドの脇《わき》の電話を取り上げ、チェックアウトの意向を伝えた。

少しでもアルコールが入れば、酔いが回ってしまいそうだ。「コーヒーをいただくわ」アリーズは受話器を置いたアレクシに告げると、礼儀にのっとって尋ねた。「あなたもいかが？」

アリーズがインスタントコーヒーを飲んでいる間に、アレクシは引き出しと衣装戸棚の中身を出し、がっちりしたかばんに詰め込んだ。いかにも手慣れた様子だった。荷作りがすむと、彼はコーヒーを二、三口で飲み干した。

「じゃあ、行こうか？」

アリーズは彼と並んで部屋をあとにしながら、ますます気分が落ち着かなくなってきた。

別に怖いわけじゃないわ。一階に向かうエレベーターの中で、アリーズはそう思った。それでも、彼の存在が何かしら自分に脅威を与えていることには変わりない。アリーズは全身が総毛立っていた。

家にたどり着いた時には五時を回っていた。アリーズはアレクシと二人きりでないことを感謝しつつ、ベビーシッターに必要な指示を与えた。それから、アレクシを空いている寝室の一つに案内する。

「かばんはここに置いてください。ベッドメイクは、私があとでするわ」

アリーズは気まずさを感じ、ちょっとあごを上げて、アレクシのからかうようなまなざしを見返した。できれば彼に向かって怒鳴りたかった、あなたなんか大嫌いだと。

「ジョージの様子を見てくるわ」そう言い残して、アリーズは部屋を出た。

ジョージはぐっすり眠っていた。アリーズは静かに自分の部屋に戻り、急いで靴を脱ぎ、スーツをタオル地のローブに着替えた。

ベビーシッターには夜遅くまでいてもらう約束だったが、アリーズは自分でジョージを風呂に入れ、ミルクを飲ませたかった。それは彼女のお気に入りの儀式だった。しかも、今夜は特別な意味を持っている。ジョージが正式に自分の子になったのだから。

彼の寝起きの第一声が聞こえたとたん、アリーズは子供部屋に飛んでいった。抱き上げるとすぐにジョージが泣きやむのがうれしかった。

彼を風呂に入れ、ミルクを飲ませるのに、約一時間ほどかかった。そのうち後半の三十分は、ずっとアレクシがそばに張りついていた。

「僕にもやらせてくれる？」

アリーズは慎重にジョージをアレクシの腕に移し、母鳥のような鋭い目つきで見守った。

「大丈夫、落としたりしないよ」

「当然じゃない」アリーズはベビーシッターの耳を気にしながら切り返した。だが、ベビーシッターはキッチンで自分の夕食を作っていて、彼らの辛辣《しんらつ》なやりとりなど知るよしもなかった。

アリーズは、ジョージが泣き出せばよいと思った。だが、彼は目を見開いて、おとなしく抱かれている。きっと萎縮《いしゅく》しているのよ。アリーズは容赦なく決めつけた。初めていかつい腕に抱かれて、とまどっているんだわ。

アレクシは思い詰めたような表情で、人差し指をジョージのたなごころに載せた。小さな手がそれをつかむと、一瞬、はればれとした顔になった。

「かわいい子でしょう」アリーズは静かに言った。

「僕の弟の息子だからね」アレクシはちょっと言葉を切り、そっとつけ加えた。「僕たちの息子でもある」

なぜかアリーズは背筋が寒くなった。彼の断定的な言葉が、無言の警告のように思える。でも彼が、離婚を前提にした私のもくろみに気づいているはずはない――まさかね？

くよくよ考えてはだめ。アリーズは自分に命じた。どうせ、思いすごしなんだから。

「そろそろ、この子を休ませないといけないわ」アリーズは意識的に視線をジョージに移した。当のジョージは、このまま起きていたいと言いたげな表情をしている。

「君は着替えてきたら？　寝かしつけるのは、ベビーシッターに任せればいい。出かける前にもう一度様子を見たらいいだろう」

アリーズは額にしわを寄せた。一瞬、何の話かのみ込めなかった。

「食事に行くんだよ」アレクシは説明した。

また彼と二人きりで食事をするのかと思うと、アリーズはげんなりした。だからといって、二人で家にとどまるのはなおさら始末が悪い。

「あまりおなかがすいてないの。それに荷作りも残っているし」それは形ばかりの抵抗だった。

「その分、早めに帰ってくるさ」

まったく、この取り澄ました態度をぶちこわしてやりたいわ！　しかし、よく考えてみれば、彼女はすでにぶちこわそうとしてみたのだ。そしてその結果は、二度と繰り返したくないものだった。

「じゃあ、着替えてくるわ」

「無条件降伏かい、アリーズ？」

「条件つきの休戦よ」アリーズは訂正し、身をかがめてジョージの額に軽く唇を触れた。「おやすみ、ダーリン。よく眠るのよ」

ジョージにキスするためには、どうしてもアレクシに近づく格好になった。アリーズははじかれたように身を起こし、後ろを振り返りもせずに部屋を出ていった。

どの服を着るかは簡単に決まった。化粧直しは、軽くおしろいをはたき、口紅を塗るだけにした。靴を履き、クラッチバッグを手にすると、すばやく姿見で点検する。黒いドレスと赤いジャケットが、魅力的な顔立ちと淡い金髪によく合っていた。

部屋から出たアリーズは、あやうくアレクシと衝突しそうになった。彼の品定めするようなまなざしを、アリーズは冷静に受け止めた。

「ジョージはもう眠ったよ」彼女と並んで居間に向かいながら、アレクシは告げた。

「いざという時のために、アレクシ様からレストランの電話番号を教わっておきましたわ」そう言って、ベビーシッターは二人を代わる代わる眺めた。彼女の表情はいかにも羨《うらや》ましげだった。「どうぞごゆっくり楽しんでいらして。私はかまいませんから」

恋にあこがれる十八歳の女の子だもの。アレクシ・ステファーノスを見て、ロマンチックな想像をたくましくするのも無理ないけどね。現実は大違いなんだから！

叫び出したいような内心のいらだちを抑えて、アリーズはにっこり笑い、彼女に礼を言った。

「車に乗るまでは我慢しろよ」先に立って家を出るアリーズに、アレクシがささやいた。アリーズは笑顔を作ったまま振り返った。

「イメージを損なわないためにね？」

アレクシの目つきは嘲りに満ちていた。「当たり前だろう」

ともすれば感情が顔に出そうになるのを我慢してアリーズは助手席に収まった。ののしりの言葉が口をついて出る。

「口を慎んだほうがいい」アレクシの声は、気味が悪いほど優しかった。車内の暗がりの中では、その表情までは読み取れない。別に気にしないわ。アリーズは自分に言い聞かせた。

アレクシが選んだレストランは格式ばらず、料理のおいしさでも定評がある店だった。彼はシャンパンを注文し、二人の未来のために乾杯しようと言い出した。

二人の未来など望んでいないわ。アリーズは黙々とシャンパンをすすり、機械的な動作で料理を口に運んだ。

やっと食後のコーヒーになって、アレクシがウェイターに勘定書を頼むと、アリーズはほっとため息をもらした。

車の中でも、アリーズは黙って座っていた。アレクシが話しかけてこないのがありがたかった。家に帰り着くと、アリーズはあたふたと中に駆け込み、ベビーシッターにお金と餞別《せんべつ》のプレゼントを渡した。ベビーシッターの娘は感極まって彼女に抱きつき、二人の幸福を祈っていると言った。その間も、アリーズは辛抱強く笑顔を保ち続けていた。

「あなたのベッドの準備をするわね」ベビーシッターが帰った数分後、アリーズは言った。「それから荷作りをすませるわ」

「ベッド・リネンさえ出してくれれば、あとは自分でできるよ」アレクシの気取った物言いに、彼女はわざと皮肉を口にした。

「家庭的な夫ってわけね——ご立派だわ！　料理もできるの？」

「一通りはね。アイロンかけもやるよ」

「そこまでやったら、いやみじゃない」

「僕が、それとも僕の能力が？」わざとらしい当てこすりに、アリーズは冷ややかな一瞥《いちべつ》を投げた。

「あなたの能力についてはまったく知らないから、コメントできないわ」

「それはお誘いかな？」

その皮肉っぽい言葉に、アリーズの我慢は限界に達した。「そうじゃないって知ってるのに！」アリーズは廊下に飛び出し、リネン類の入っている戸棚を開け放った。「あなたはホテルに残っていればよかったのよ」きっぱりと言う。アレクシのからかっているような顔を見て、さらに怒りが募った。

「僕一人で？」

アリーズはいったん目をつぶってから、きっと彼を見返した。「シャワーを浴びたいなら、ここからタオルを持っていってね。おやすみなさい」それだけ言い残すと、彼女は自分の寝室に戻り、ドアを閉めた。

もし彼がついてきたら、死ぬほど痛い目に遭わせてやるわ。アリーズは煮えくり返る思いで、残りの衣類をスーツケースに詰め始めた。それがすむと、ジョージの様子を確認し、忍び足で部屋に帰って、服を脱ぎ、ベッドに潜り込んだ。

疲れがたまっていたので、すぐにも眠れそうなものだったが、断片的なイメージが次々と浮かび、心が落ち着かなかった。最も強烈なイメージは、アレクシ・ステファーノスの姿、威圧的で力強い脅かすようなその影だった。

妹とジョージへの愛情から、私はあせって結婚に飛びついてしまった。これから、数千キロ離れた大陸の向こう側に連れていかれ、アレクシ・ステファーノスの支配する世界で、その報いを受けるのだろうか？

翌日、アリーズは不安な思いでボーイングのジャンボジェット機に乗っていた。目的地までの距離が着実に縮まるにつれ、不安は募る一方だった。

彼らはメルボルンで飛行機を乗り換え、ゴールドコースト空港に着いた。ジョージは旅の間中、拍子抜けするほどおとなしく眠っていたが、到着ロビーに入るころには、すっかり目を覚ましていた。そろそろミルクをやる時間だった。

アレクシはどこから見ても、愛情深い伯父さんという感じだわ――いえ、父親と言うべきね。アリーズはひそかに考えた。黒っぽいカジュアルなズボンに淡い色のシャツを着て、肩幅の広さを強調するジャケットをはおった彼は、男性的な力強さにあふれている。アリーズも対抗して心持ち肩をそらし、あごを少し上げた。アレクシは回転式コンベアに近づき、彼らの荷物をカートに移し替えた。

「空港に車を回しておいたんだ」アレクシが言ったとたん、ジョージがぐずり始めた。「駐車場から車を取ってくる間、ここで待っていてくれたまえ」

ジョージに気を取られていたアリーズは、黙ってうなずいた。移動用ベビーベッドの中の赤ん坊は、小さな脚をばたばたさせている。どうやらおむつを濡《ぬ》らしたらしい。

アレクシが戻ってくるころには、ジョージの泣き声は最高潮に達していた。彼が荷物をトランクに詰めている間に、アリーズは赤ん坊のおむつを取り替えた。

「たくましい子だな」数分後、堂々としたBMWをスタートさせながら、アレクシは言った。

「きっと父方の暴君的な性質を受け継いだんでしょう」ジョージにミルクを飲ませていたアリーズは、わざと甘い声で応じた。

「よく知りもしないくせに」アレクシはバックミラー越しに非難がましい一瞥を投げた。

「あら、そうでもなくてよ。一日ごとにいろいろわかってきているもの」故意にジョージに関心を集中させる。赤ん坊がすさまじい勢いでミルクを飲み終えた。アリーズは彼にげっぷを出させてから移動用ベビーベッドに寝かせた。

アリーズはフロントガラスの向こうの暮れなずむ景色に見入るふりをした。明るく照らされたハイウエイに、ネオンサインが星のようにきらめいている。

「ゴールド・コーストは初めてなんだろう？」アレクシが尋ねた。

アリーズは彼のほうを向き直った。暗い車内に差し込む対向車のヘッドライトが、頑固そうな横顔を照らし出す。

「前に、両親やアントニアと一緒に来たことがあるわ」

アレクシは目尻にしわを寄せ、かすかに笑みを浮かべた。「きっとあまりの変化に驚くよ」

「よいほうへの変化だといいのだけど？」

「それは、君がリラックスしたホリデイ気分を好むかどうかによるね。観光シーズンの混雑にさえ目をつぶれば、ここは年中、ホリデイのようなものだ。サーファーズ・パラダイスも今では、商業の中心地になってしまったよ」

「それも発展には違いないんでしょうね」

「かつては日系の資本がこの辺りにどっと流れ込んだからね――ホテル、リゾート、ゴルフ場。それが建設ブームにつながったんだ。住宅やショッピング・センター、高層ビル、オフィス」

「建設業者のあなたにとって、盛況は大歓迎ってわけね」それは当たり障りのない感想にすぎず、別に断定しようという意図はなかった。だが、アレクシは彼女に鋭い一瞥を投げてから、視線を前方に戻した。

「ゴールド・コーストは、長年にわたって建設ブームと衰退を繰り返してきたんだ。その事実を無視して、将来に備えないやつはばかだよ」

確かにアレクシ・ステファーノスをばか呼ばわりする人はいないでしょうよ。アリーズはそう考えて苦々しい気持になった。これほどの男を相手に芝居をするのは容易なことではない。それでも、私はやるしかないのだわ。

ＢＭＷはのんびり走る車の列をあっさりと追い越し、馬力のあるところを見せた。車が湾岸道路から内陸部へと向きを変えると、はるかに丘陵の影が望めた。

「ソヴェリン諸島はパラダイス・ポイントの東にあって、橋で結ばれているんだ。空港からは車で一時間弱ってところかな。島々は警備のしっかりした高級住宅地で、陸から行くには自家用の橋を渡るしかない。各家の敷地には船着き場があるんだ」

「豪華な船を係留した大金持ち向けの金ぴかの監獄ってわけね?」

「住人たちは、進んだ警備態勢だと言ってるよ」

「人生の厳しい現実から逃れるためのね」そんないやみを言う自分に、アリーズはびっくりした。彼女らしくないことだった。しかし、ハンドルを握る男のことがなぜか癪《しゃく》に障り、つい反発せずにいられない。

アレクシは返事をしなかった。車は着実に北へ向かっている。不安を募らせながら、アリーズは無言で座っていた。パースの我が家が、百万キロも遠くにあるように思える。そして、かつての平穏な日々も。

この結婚は必要に迫られての選択だったたし、互いの便宜上のものでしかない。だったら、なぜこんなに身構えてしまうのだろう?

「あと少しで到着だ」アレクシは淡々と告げた。アリーズはきょろきょろと周囲を見回した。手入れの行き届いた敷地に、瀟洒《しょうしゃ》なデザインの家々が立ち並んでいる。

アレクシは敷石の私道にBMWを入れた。奥に建っているのは、男性の一人住まいには広すぎる大きな二階建ての屋敷だ。確かに彼の言葉どおり、美しい家だった。

車のヘッドライトが、白っぽいかこう岩の壁を照らし出した。リモコン操作で大きなガレージのドアを開けると、アレクシは四輪駆動車の横にBMWを止めた。

広々とした玄関ホールはステンドグラスの丸天井になっていて、中央につられたシャンデリアが、オフホワイトの壁とクリーム色の分厚いカーペットにまばゆい光を投げかけていた。ホールの正面には、二階に通じる幅広い階段があった。

開いたガラスの扉の向こうは、ゆったりとしたラウンジになっているらしい。繊細な彫刻をほどこしたアンティークの家具と、壁にかかった何点もの油絵が見えた。

「ジョージを寝かせたほうがいいだろうな」荷物を運んでいたアレクシが言った。彼は何気ない顔で左の廊下を進んでいく。アリーズとしては、彼についていくしかなかった。

「主寝室には運河を一望できる居間がついているんだ……」アレクシは反対側のドアを示した。「それに浴室も。左手は更衣室で、ウォークイン・クローゼットが二つある」

クリーム色を基調にした淡いグリーンとピーチを組み合わせた装飾が、見た目にも心地よく、落ち着いた優雅さを醸し出していた。

「子供用の家具は居間に用意しておいた。君のベッドもそこだ。まあ当分は……」

「当分って？」アリーズの青い瞳が挑戦的に光った。

「僕とベッドを共有する気になるまでさ」アレクシは憎らしいほど平然と答えた。

アリーズはかっとなった。腕の中でジョージがむずかり、眠そうな声をあげたが、それさえも耳に入らなかった。「冗談じゃないわ！」

ブルー・グレーの瞳が嘲るように見返した。「かわいいアリーズ、君だって結婚を完全なものにしたいだろう？」

アリーズの瞳が怒りに大きく見開かれた。「これだけ広い家なら、ほかにも寝室はあるはずだわ」

「いくつかね」アレクシは同意した。「でも、君の寝る部屋はここだ」

アリーズは反抗的にあごをぐっと上げた。「とんでもない！」

「君もいつかは眠ってしまう」アレクシはぞんざいに肩をすくめ、大きなベッドを示した。「そうしたら、僕は君をここに移す」

「最低の卑劣漢ね！」アリーズは怒鳴った。「そんなことをさせるものですか」

「どうやって止める気だ？」

アレクシの表情は決然としていて、滑らかな声の底に鉄の意志が感じられた。

アリーズの心臓が激しく脈打った。居間と寝室を隔てるのは広い出入口だけで、プライバシーを保つためのドアもないのだ。

「あなたは冷酷で無神経な……」怒りのあまり、アリーズは一瞬、言葉に詰まった。「野蛮人よ！」

アレクシの瞳の奥に、ちらっとある表情がよぎったが、すぐに消えた。「先にジョージを寝かせたら？　君の剣幕にうろたえて泣き出さないうちに」

彼は寝室のドアに向かった。「僕はキッチンでコーヒーでもいれよう」

あの背中に何か投げつけてやりたい、とアリーズは思った。しかし、ジョージを抱いていては、それもできなかった。

敗北感を味わいながら、アリーズは居間に入った。そこには、一人がけの椅子二脚とソファ、それに育児用の家具とベッドが置いてあった。

ジョージをベビーベッドに寝かせてそっと夜具をかけてやり、赤ん坊が眠ったのを確かめてから、アリーズは寝室に戻った。煮えくり返るような思いで、かばんから寝巻きを取り出す。シャワーを浴びれば、少しは緊張もほぐれるだろう。彼女は贅《ぜい》を尽くした浴室に向かった。あとでキッチンに行って、ジョージと私の寝室はあなたとは別にすると宣言しなくては。

熱い湯に打たれていると、生き返るような気がした。アリーズはゆったりとくつろぎ、大きなふんわりしたバスタオルで体をふいた。身繕いをすませた彼女は、寝巻きの上にそろいのローブをはおった。

ジョージが夜中に目を覚ました場合に備えて、ほ乳びんを消毒し、ミルクを用意しておかなければならない。アリーズは必要なものの入ったバッグを持ち、キッチンを捜しに行った。

キッチンはラウンジを反対側に折れた廊下の先にあった。カウンターの上にカップが二つ並べられ、アレクシがパーコレーターからいれたてのコーヒーを注いでいた。

広々としていて最新式の家電設備がそろったキッチンだ。普段のアリーズなら、小躍りしそうなほどすてきなデザインだった。

「必要なものは食器棚にあるはずだよ」そう言いながら、アレクシはコーヒーに砂糖とウィスキーを少し入れた。

「どうもご親切に」アリーズは堅苦しく礼を言って、自分の仕事に取りかかった。

「家と敷地内の雑務は、通いの夫婦者がやってくれている」アレクシは事務的に告げた。「それに、客を招く時は、いつもケータリング会社に頼むんだ」

「それだけ行き届いているのなら、奥さんなんかいらないわね」アリーズは辛辣に切り返した。アレクシへの怒りは当然として、彼が形だけの結婚を認めてくれると予想していた自分の甘さも許せなかった。

「すねるなよ、アリーズ」アレクシは冷ややかに言った。

「すねてるんじゃないわ！　あなたと話をしなきゃならないのが不愉快なのよ！」いらいらとした動作で調合したミルクを冷蔵庫にしまう。

「寝室に関する取り決めは譲らないからな」

アリーズは、断固としてそう言いきったアレクシをにらみ返した。彼の威圧感と迫力に屈するつもりはない。

「死んでも、あなたのベッドなんか使うもんですか！」

アレクシの口もとにかすかに笑みが浮かんだ。皮肉そのものといった目つきだった。「コーヒーでもどうだい？」穏やかな問いかけを、アリーズはただ反発したい一心で拒否した。

「水のほうがいいわ」

アレクシは肩をすくめ、自分のカップを飲み干した。「明日は一日留守にするよ。工事の進み具合をいくつかチェックして、企画担当者たちと相談しなきゃならないんでね。君が出かける場合に備えて、評判のいいベビーシッターの名前と連絡先をメモしておこう。家と車の鍵《かぎ》を残しておく。いざという時のために、金も少し置いていくから」

「お金なら自分のがあるわ」アリーズがきっぱり言うと、彼は物言いたげに眉をつり上げた。

「家計を切り盛りする費用だと思えばいい」アレクシはカウンターにもたれた。「それから、文句は言わないこと」

アリーズは返事もせずに向きを変え、グラスに冷たい水を満たして飲んだ。そして、よそよそしい顔つきであごを上げ、キッチンを横切った。「私は休ませてもらいます」すでに十一時を回っていて、彼女はひどく疲れていた。

「セキュリティ・システムの操作方法を教えておくよ」アレクシはカウンターから身を起こした。

五分後、アリーズは主寝室に戻った。あとについてくるアレクシを意識して、彼女の背中は硬直していた。さっさと居間に入ると、ローブを脱ぎ捨ててベッドに潜り込む。そして、しっかりと目をつぶり、浴室から聞こえてくるシャワーの低い音を頭から追い出した。

隣の寝室の明かりが消えたあとも、アリーズはなかなか寝つけなかった。アレクシの存在が気になり、横たわったまま暗やみを見つめていた。

あんな男、大嫌い。アリーズは心の内で叫んだ。まったく最低だわ。どうしてあんな男とかかわるはめになってしまったのかしら。ずうずうしくて頑固で不愉快な人！

いつの間に眠ってしまったのか、はっと目を覚ましたアリーズは、一瞬、どこにいるのかわからなかった。横になったまま、何の音で目覚めたのか考えてみた。

ジョージの声かしら？　長旅のうえに環境が変わって、あの子も落ち着かないのかもしれないわ。

アリーズはそっとベッドから抜け出し、足音を忍ばせてベビーベッドに近寄って常夜灯にすかしてジョージの姿をのぞき込んだ。

つぶらな瞳がまばたきもせずに彼女を見つめ返した。アリーズは笑みを浮かべ、なだめるように首を横に振った。彼女が慣れた手つきでおむつを取り替え、夜具をかけ直したとたん、ジョージはぐずぐずと泣き出した。

小さなすすり泣きは、たちまち元気な泣き声に変わった。アリーズはあわてて彼を抱き上げ、優しくあやし始めた。

「どうかしたのかな？」

すぐ後ろから聞こえたアレクシの声に、アリーズははじかれたように振り返った。「最近は夜中のミルクを卒業していたんだけど、長旅のせいで落ち着かないみたいだわ」

「僕が抱いているから、ミルクを温めてきたら」

「キッチンまで抱いていくから、心配はご無用よ」

「いいから行くんだ、アリーズ」アレクシは彼女の腕からそっとジョージを抱き取った。

アリーズはつんとあごを上げ、アレクシの揺るぎない視線を見返した。彼女が文句を言おうとしたちょうどその時、ジョージが激しい勢いで泣き出した。

アリーズはしかたなく寝室を出て、勝手のわからない照明のスイッチを手探りしながら、キッチンへと向かった。

軽く触れただけで、蛇口からお湯がほとばしり出た。これじゃ熱湯だわ。アリーズは唇を噛《か》んで、火傷《やけど》した手を引っ込めた。刺すような痛みを我慢して、用意してあったミルクを温め、急いで寝室に戻った。

アレクシはベッドの端に腰かけ、赤ん坊をあやしていた。没頭しているその姿に、アリーズは嫉妬《しっと》を覚えた。

できれば、ジョージを彼の腕からひったくって、薄暗い明かりに照らされた大きなベッドと精力的な男のそばから逃げ出したかった。

「私が代わるわ」アリーズは有無を言わせない口調で言った。ジョージを取り返す時にアレクシと手が触れ合い、まるで感電したような感じがした。

嫌悪感のせいだわ。アリーズは自分にそう言い聞かせて、ジョージにミルクを飲ませた。眠りにつく間際に彼女の頭に浮かんだのは、明日は大半を一人で過ごせるということだった。アレクシがいなければ、自由にこの家を探検できる。ジョージが眠っている間に、プールで泳ぐことだってできるかもしれない。そして、気に入らないライフスタイルと夫に慣れるよう努力してみなくては。

5

ジョージは夜明け前に目を覚まし、ミルクを飲むのが習慣となっていた。翌朝、アリーズはなんの遠慮もなく、その仕事に取りかかった。もしアレクシが、彼女とジョージが主寝室にとどまることを主張するならば、彼は赤ん坊のミルクの時間に眠りを妨げられるぐらい覚悟すべきなのだ。ミルクを飲ませたアリーズは、ジョージを寝かしつけた。それから、ジーンズと長袖《そで》のセーターと下着を持って浴室に行き、悠々とシャワーを浴びた。

寝室に戻ってくると、ちょうどアレクシがベッドから出ようとしていた。裸にシーツ一枚をまとったたくましい体から、彼女はあわてて目をそらした。

「おはよう」

アレクシの面白がるような口調にむっとし、アリーズは嫌悪感をあらわにしておざなりな返事を残して居間に入った。

何よ、あんな人！　毒づきながら手早くベッドを直し、力任せにシーツを引っ張った。まったく頭にきてしまう。彼を見ただけで癇癪《かんしゃく》が破裂しそうになるわ！

しばらくして、アリーズがキッチンに行ってみると、アレクシがすでにそこにいた。彼はジーンズに黒いセーターを着ていた。アリーズはちらっと目をやっただけで、彼がフライパンに卵を割り入れているのを無視して、いれたてのコーヒーをカップに注《つ》いだ。

「朝食は？」

アリーズは平然と彼の目を見返した。「まだ六時前よ。もう少しあとでいただくわ」カウンターに置かれた新聞の見出しをぼんやり目で追いながら、彼女はコーヒーを飲んだ。

「家中どこにいてもジョージの声が聞こえるように、インターフォンを改造したんだ」アレクシが言った。

「必ずジョージを引き取る自信があったってわけね？」アリーズはいやみを言わずにはいられなかった。「山のような子供用家具やおもちゃ――こういったものは全部、あなたがパースに発《た》つ前にそろえたんでしょう」

アレクシは巧みにフライパンの中身を皿へ移し、トーストとコーヒーを用意して、テーブルに着いた。

彼が黙っているのでアリーズはますます腹が立った。「ノー・コメントなの？」

アレクシは顔を上げ、彼女を今にも射殺しそうな冷酷なまなざしを向けた。「どうして無駄な詮索《せんさく》をしたがるんだ？」

「私の思いすごしだって言うの？　とてもそうは思えないけど」

「君はいつも、こうやって朝っぱらからけんかを売るのかい？　それとも、単に僕の我慢の限度を試しているのか？」

彼は怒り出すと怖いタイプであることは疑いようがない。アリーズは、そんな彼をわざと挑発した自分の愚かさを悔やんだ。だが、臆《おく》した態度をとることだけはプライドが許さなかった。

「あなた、自分の意見に反論してくる女性が苦手なの？」アリーズはさりげなさを装って反撃した。「きっと、あなたの女友達はみんな、なんでもあなたの言いなりなんでしょうね。ま、私には関係ないことだけど」

「一方的な決めつけだな、それは。君は僕の友人たちのことを何も知らないのに」

「あら、あなたの関心を引くためならなんでもするって女性は大勢いるんじゃなくて？　あなたが突然、妻子持ちになったと知ったら、その人たち、どう思うのかしらね？」

アレクシは正面から彼女を見据えた。「僕にはだれかに自分の決断の言いわけをしなければならないような負い目はないよ」彼は残っていたコーヒーを飲み干して、立ち上がった。「ＢＭＷのキーはベッドの脇《わき》のテーブルにある。今日は一日、好きなように楽しむんだね」

「どうもありがとう」アリーズは皮肉めかして答えた。アレクシはキッチンを横切り、廊下に出ていった。

ドアの閉まるかすかな音が聞こえ、やがて低いエンジン音が響くと、急に静けさが戻ってきた。

こうしてアリーズには長い一日が残された。ジョージが目を覚ますまで、あと三時間はある。アリーズは急いでコーヒーを飲み終え、玄関ホールに向かった。

二階に上がったアリーズは、四つの寝室とそれぞれについている浴室、それに客用のスイートルームをゆっくりと見て回った。どの部屋も美しい調度品が備えつけてあり趣味がいい。

それから一階に戻り、ラウンジや正式なダイニングルーム、客用の化粧室などを気ままに歩き回ったが、書斎は戸口からのぞくだけにとどめた。書斎には大きなデスクとパソコン設備、革張りの椅子があり、ファイリング・キャビネットがずらりと並んでいた。壁に掲げられた額入りの賞状の数々が、アレクシの業績を物語っていた。

アリーズは書斎からキッチンへ引き返す途中で、家族用の私室から半地下へ続く階段を発見した。その先には、大きなラウンジとビリヤード室、アスレチック・ルーム、サウナがあった。ラウンジとビリヤード室の広いガラス戸を開ければ、中庭とプールに出られるようになっていた。

屋敷内はすべて、クリーム色を基調にした淡いグリーンとピーチの組み合わせで統一されていて、現代的な建築に温かみを与えていたが、けっして紋切り型にはなっていなかった。

食料貯蔵室と冷蔵庫とフリーザーを調べた結果、しばらくは何も補充する必要がないことがわかった。アリーズはほっとしてため息をつき、深皿にシリアルと牛乳を入れ、新聞を手に朝食のテーブルに着いた。

食器を洗い終えたアリーズは、覚悟を決めて寝室の居間に戻り、そっと自分の荷物を抱え上げた。おとなしくアレクシの言葉に従い、続き部屋を共有するくらいなら死んだほうがましだわ！

すべてを二階に運び上げる作業は、思いのほか簡単に終わった。とはいえ、時間がたつにつれて、小さな不安の種がアリーズの潜在意識をさいなみ始めた。

その不安を振り払い、夕食の支度に取りかかる。メニューはミネストローネとチキン・キエフにつけ合わせの野菜、デザートは洋なしのブランディ煮にした。

アレクシの車の音が聞こえた時は、六時近かった。彼がキッチンに入ってくると、アリーズは胃がきりきりと痛み出した。別にどうってことないじゃない。アリーズは心の中で自嘲《じちよう》した。

「こんな妻らしい心遣いをしてもらえるなんて思ってもみなかったよ」しかめ面の彼女を愉快そうに眺めながら、アレクシはもったいぶった口調で言った。

アリーズはかき混ぜていたミネストローネからちらっと目を上げた時に、不意に息苦しさを感じた。アレクシはいかにも強そうで精力にあふれ、どんな女性の心も騒がせるほど男らしく見えた。

アリーズは彼を一瞥《いちべつ》すると、視線をなべに戻した。

「私が食事を作ってはいけない理由でもあるのかし

ら？」

「もちろんないさ」アレクシはさらりと答え、カウンターの端にもたれかかった。

アレクシの声に含まれた嘲《あざけ》りが、たまらなく不愉快だった。「私をうぶな十九歳の小娘扱いしないで！」

「じゃあ、どういうふうに扱えばいいのかな、アリーズ？」

「私の気持を尊重してよ」

「もっと具体的に言ってくれる？」

話し合いを避けていても意味がない。それに、彼が引っ越しに気づくのは時間の問題だ。

アリーズは深く息を吸い、それからゆっくりと吐き出した。「私の荷物を二階の寝室に運んだわ」

彼女に向けられたまなざしは、暗くて底知れないものだった。

「もう一度、階下《した》に運ぶことだな」アレクシの口調は滑らかだが明らかに危険を含んでいる。

「いやよ。自分の寝る場所まで指図されて、あなたにいたぶられるのはごめんだわ」

「僕がそんなことを？」

まったく、たたいてやりたいわ！「そうよ！力ずくで無理強いされたくないのよ」

「かわいいアリーズ、まるで怖がっているような口ぶりだよ。そうなのかい？」

アリーズは今や本気で怒っていた。意地になって言い返す。「私が怖がっているように見えて？」

「少しは怖がってみせるべきかもしれないな。僕には愚か者を困らせる趣味はないから」

「それ、どういう意味？」

その時、モニターを通して大きな声が聞こえてきた。アリーズはアレクシに射るような視線を向けた。

「ミルクの時間だわ」

「僕がジョージを連れてくるから、その間に君はミルクを温めておくんだ」

機先を制され、アリーズはしかたなく冷蔵庫からほ乳びんを取り出して容器に熱い湯をためた。

アレクシは父親向きだわ。数分後、手近な椅子に座った彼がジョージにミルクを飲ませるのを見守りながら、そう認めざるをえなかった。

「まず、おむつを替えないと」アリーズが文句を言うと、アレクシは挑戦的な目を彼女に向け、皮肉っぽく答えた。

「もう替えたよ」

アリーズにできたのは、そんなことはどうでもよいとばかりに肩をすくめ、レンジの上のなべに注意を戻すことだけだった。だが、憎むべきアレクシに、こんな父親としての資質を見せつけられては、内心面白くなかった。

アレクシがシャワーを浴びている間に、アリーズはジョージをベビーベッドに寝かせた。夕食の席に着くころには、七時近くになっていた。

「なかなかいけるよ」アレクシが感想を述べた。

アリーズは黙ってうなずいた。「私が食事を用意していなかったら、どうするつもりだったの？」

アレクシは正面から彼女を見つめた。「ベビーシッターに来てもらって、レストランに行くつもりだった」

「私が同意したとは限らないでしょう」

「へそ曲がりだな、アリーズ。それも単なる意地のためかい？」

アリーズには誰かと口論した経験がなかった。アントニアが最も難しい年ごろだった時でさえ、けんかはしなかった。それがなぜか、アレクシにはことあるごとにけんかを売りたくなるのだ。まるで心の中にすむ小悪魔がそのスリルを楽しんでいるかのように。

「ノー・コメント？」アレクシが問い詰めた。

アリーズは冷静に彼の目を見返した。「どうせ私が何を言っても、悪いほうに取るんでしょう」

「じゃあ、一時休戦にするかな？」

アリーズは思わず皮肉な笑みを浮かべた。「そんなの長持ちするかしら？」

「まあ、無理だろうね」アレクシは意地悪く同意した。「だが、せめて僕の両親の前でだけは、穏便にふるまいたいものだね」

「どうして？　ご両親は私たちの結婚した理由をご存じなんでしょう」アリーズは白ワインを一口飲んだ。「私は愛情のデモンストレーションなんてする気はありませんからね」

アレクシはミネストローネを平らげると、彼女が食べ終わるのを待ち、次の料理を彼女の皿に取り分けようとした。

「自分でするほうがいいわ」アリーズは即座に断った。あまり空腹でなかったので野菜を少しだけ取り、

それからデザートをつまんだ。

「友人たちも仕事仲間も、みんな君に会いたがるだろう。そこで、次の土曜日の夜にパーティをすることにしたよ」アレクシは椅子にもたれ、さりげなく彼女の反応を観察した。「ケータリング会社は僕が手配するから」

アリーズは立ち上がり、皿を片づけ始めた。アレクシが手伝おうとすると、彼女はきっとにらみつけた。

「一人でできます」アリーズは肩肘張って言った。彼が間近にいることが不愉快だった。

「僕がすすぐから、君は食器洗い機に入れてくれ」

アレクシの言葉に、アリーズは歯ぎしりした。私がいやがっているのを承知のうえで、わざと近づいてくるんだわ。

「あなたには妻がいるんだから、こういう仕事は任せておけばいいのよ」アリーズは甘い声で言った。

「ラウンジでくつろぐか、書斎で仕事でもなさったら？」

「そうすれば、僕の存在を無視できるからか？」

まったく油断のならない人！「そうよ、おあいにくさま」

アレクシの瞳が愉快そうに光った。「そのクールな態度の奥で怒りが燃え盛っているなんて、誰も気づかないだろうな」

「あなたが力ずくで私の人生に割り込んでくるまでは、痼癪なんて起こしたことなかったわ！」

「力ずくだって、アリーズ？」アレクシはやんわりとき返した。「僕は力ずくで女性に何かを強制したことはないよ」

その意味ありげな言い方を聞いているうちに、アリーズは急に何もかもがいやになってきた。彼女は皿を流し台の上に置き、くるりと向きを変えた。

「そんなに男女平等が好きなら、あなたが食器を片づけてちょうだい。私は散歩に行くわ」

「こんな暗い中を一人で？」

アリーズの瞳が青い炎のように輝いた。「新鮮な空気が吸いたいの。要するに、しばらくあなたから逃げ出したいのよ！」

「だめだ、アリーズ」アレクシの声は滑らかなうちにとげを含んでいた。アリーズは反射的に手を振り上げ、彼の頬に平手打ちをした。

アリーズは一瞬、彼の反撃を覚悟した。だが、アレクシは彼女の両手をつかみ、自分のほうに引き寄せた。アリーズは悲鳴をあげ、逃れようともがいたが無駄だった。

冷ややかな怒りを前にして、アリーズの鼓動が速くなった。アレクシの力は、手首が折れてしまいそうなほど強い。「痛いわ！」

「こんなばかな態度を続けていると、本当に痛い目に遭うぞ」

彼の脅しは口先だけのものではなかった。それでも、アリーズは憤然と彼の視線を受け止めた。「いかにも性差別主義者の言いそうな台詞《せりふ》ね！」

アレクシは彼女の手首から肩へと両手を移動させ、前に引き寄せて強引に唇を重ねた。

アリーズは歯を食いしばり、声にならない悲鳴をあげた。逃げなくては。彼女はこぶしを振り上げ、やみくもに相手の腕や胸をぶった。

アレクシはあっさりとその両手をつかみ、彼女の背後に押しつけた。二人の体がさらに接近する格好になる。彼の手が胸に伸びても、アリーズはどうすることもできなかった。

アレクシの手がブラウスのボタンを外し、シルクのブラジャーの下に滑り込んだ。叫ぼうとしたアリーズの口に彼の舌が押し入ってきた。その荒々しい動きに、アリーズは心の中でやめてと何度も懇願した。

ようやく解放された時には、アリーズは力尽き、倒れそうな状態だった。アレクシがかすれた声で悪態をつくのが聞こえた。

唇が腫《は》れ、感覚がなくなっていた。アリーズは無意識のうちに、舌先で口の中を探った。必死に抵抗し、歯を食いしばったせいで、ところどころ切れている。

力強い手がアリーズのあごを持ち上げた。アリーズは屈辱感を悟られまいとして目を伏せた。

アリーズはじっと立ち尽くし、アレクシの容赦ない詮索のまなざしに耐えていた。張り詰めた神経が今にも切れてしまいそうだ。

「放して、お願いだから」涙が出てくる前に彼のそばから離れなくては。

アレクシは無言で手を引っ込め、のろのろとキッチンを出ていくアリーズを見送った。

できればどこかに逃げ出したい。でもどこへ？

彼の手の届かない場所なんてあるかしら？　階段を上っていたアリーズの喉に、むなしい笑いが込み上げてきた。いっときでもいいから、心を休めないと。アレクシの反対を無視して二階に上がった彼女は、ジョージの寝ている部屋に行き、静かに服を脱いだ。

こんなのフェアじゃない――何もかもフェアじゃないわ。そっとベッドに横たわりながら、アリーズは考えた。とても眠れそうになかった。気にしないでいようとしても、明後日やってくるというアレクシの両親のことが気になってしかたない。彼の両親の来訪が吉と出るのか、凶と出るのか、アリーズには見当もつかなかった。

かちっという小さな音に続いて、寝室のドアが開き、アリーズは思わず悲鳴をあげそうになった。戸口に立つアレクシの大きな姿を見たとたん、彼女の恐怖は怒りに変わった。アリーズは反射的に夜具を肩まで引き上げた。

アレクシはベビーベッドに歩み寄り、慎重な手つきでジョージを抱き上げ、彼女の隣に移した。

「いったいなんのつもりなの？」アリーズは小声で問いただした。

「わかりきったことだ」アレクシは軽々とベビーベッドを持ち上げ、部屋から運び出した。

しばらくして戻ってきたアレクシは、ジョージを抱き上げた。そしてドアのところで、唖然《あぜん》として見つめているアリーズを振り返った。

「自分の足で歩くか、僕の腕で運ばれるか。選択は君に任せるよ」

そう言い捨てて、アレクシは姿を消した。残されたアリーズは、抑えようのない怒りを感じていた。選択ですって？　私にどんな選択肢があるって言うのよ！　これでおとなしく彼のあとにくっついて、階下に下りたりしたら、私の負けってことだわ。

しかし、時間がたつにつれて、アリーズは自分のうに気づいた。彼の裏をかこうとするのは愚かさの極みなのだ。そんなことをすれば、ひどい仕返しが待っている。けれど、今の彼女には、仕返しよりも敗北のほうが我慢ならなかった。

ばかよ。もう一人の彼女が警告した。あなたはばかだわ。さんざん仕返しされたというのに、まだ反抗するつもり？

アリーズが迷っているところに、アレクシが戻ってきた。ベッドの脇に近づいてくるアレクシを、彼女はきっと見返した。

アレクシは何も言わずに夜具をはぎ取り、身をかがめて彼女を抱き上げた。

アリーズは抵抗した。彼のなれなれしさがたまらなく不愉快だ。「下ろしてよ、悪党！」

「いつになったら、僕に抵抗しても無駄だとわかるのかな」アレクシは彼女のこぶしをつかみ、あっさりと動きを封じた。

「おとなしく言うことを聞くと思ったら、大間違いよ！」

「あきれるほどの世間知らずだな。反抗を続けたらどういう目に遭うかもわからないなんて」アレクシの言葉に、アリーズは急に怖くなり、身をこわばらせた。

「単なる仕返しのためにセックスするってわけ？」

アリーズは敢然と彼の目を見返した。

抑えた緊張の中にも、アレクシの怒りが感じられた。アリーズの青い瞳はラピスラズリのように冷たく輝いていた。

「できるものならやってみるといいわ！ ただし、氷の塊みたいな体を抱いても、たいした満足は得られないでしょうけどね！」

アレクシの瞳が陰り、口もとが冷酷にゆがんだ。アリーズはばかげた言葉を口走ったことを後悔した。アレクシはゆっくりと彼女を床に下ろし、なぶるような視線を彼女の全身に這《は》わせた。

アリーズの寝巻きはシルクのサテンで、レースの縁取りがあるつつましやかなデザインのものだったが、彼の目にさらされていると、自分が裸にされているような気がした。アレクシの視線は、なだらかな胸のふくらみからじわじわと下へ移り、それからまた胸もとに戻ってきた。

自分の意思に反して、アリーズは体の芯《しん》が熱くなった。その熱は徐々に広がり、やがて彼女の全身を包み込んだ。

アレクシは手を伸ばしてそっと彼女の頬をなでた。彼の指は唇の輪郭をなぞってから、首へと滑り下り、喉の下のくぼみをたどった。

アリーズは茫然《ぼうぜん》と目を見開いていた。アレクシの手が胸の柔らかなカーブへと滑り下りる。敏感な頂に触れられた彼女は、思わず出かかった声をのみ込んだ。

アレクシは慎重な手つきで寝巻きの肩ひもを外し、長い間じっと彼女を見つめていた。アリーズは金しばりに遭ったように突っ立っていた。やがて、アレクシは前かがみになり、唇を重ねてきた。アリーズは、はっと身をこわばらせた。

だが、それは荒々しい強引なキスではなかった。彼の優しい唇の動きは、官能を呼び起こそうとする意図的な誘惑にほかならなかった。

アレクシの舌が微妙な攻撃を始めた。感じやすい部分を探り当て、柔らかく敏感なくぼみに入り込み、彼女の口の中の皮膚の上を繊細に動き回る。

彼はアリーズをなだめすかし、彼女が与えるのを恐れている何かを引き出そうとしているようだった。アレクシの唇が彼女の唇から離れ、喉もとの辺りに移った。アリーズは深いため息をもらした。

アレクシの唇が彼女の胸に滑り下りていった。アリーズは思わず小さな声をあげた。彼がその頂を口に含んで軽く歯を当てると、めくるめく感覚に襲われてアリーズは悲鳴をあげそうになった。

彼の手をみぞおち辺りに感じ、アリーズは初めて、自分が寝巻きを着ていないことに気づいた。絶望のうめきが彼女の喉からもれた。

やがてアレクシは動きを止め、そっと彼女の体を放した。アリーズはただ茫然として彼を見つめることしかできなかった。

アレクシは嘲笑《ちょうしょう》を浮かべ、危険なほど優しい声でなじった。「氷だって、アリーズ？」

不意に冷水を浴びせかけられたような気がして、アリーズは目を見張った。濃いブルーの瞳には恥ずかしさと屈辱感が宿っていた。両腕を交差させて、裸の体を隠す。自分の頬の火照りが憎かった。

アレクシは無言で身をかがめ、床から寝巻きを拾って彼女に着せると、改めて抱き上げた。

アリーズは抗議したかったが、喉に塊のようなものがつかえて、言葉が出てこなかった。階段を一段下りるたびに、闘う気持はうせていった。階下に何が待ち受けているのかしら？　アレクシは私を抱くつもりなのかしら？

主寝室に戻ると、アレクシは彼女を下ろした。アリーズはおずおずと床に立ち、脅えた子じかのように逃げ出す構えを見せた。

「ベッドにお入り」

アリーズはあっけに取られて、頭をもたげた。顔から血の気が引いていくのがわかる。

「君のベッドにだ」アレクシが穏やかにつけ足した。「ぐずぐずしていると、僕のベッドに押し込むぞ」

アリーズは開きかけた口をゆっくりと閉じた。何を言っても、話がややこしくなるだけだ。そこで彼女は何も言わず、精いっぱいの威厳を保ってアレクシから歩み去った。

しかし、ベッドに横になっても、なかなか眠れなかった。アレクシのふるまいは好意から出たものなのか、それとも悪意から出たものなのか。アリーズは何度も繰り返し考えた。なぜか彼女には、それが好意から出たものとは思えなかった。

6

アレクシの両親が到着する日、アリーズはジョージと一緒に留守番をすることにし、彼が一人でブリスベーンの空港に迎えに行った。アレクシと両親だけで話をする機会を与え、その間に、夕食の支度をしようと考えたのだ。

彼らの到着予定時刻が近づくにつれて、アリーズは落ち着かなくなってきた。家族の写真をじっくり見てみたところで、不安は消えなかった。

アレクサンドロス・ステファーノスは、息子のアレクシによく似ていたが、あまり威圧的な感じではない。レイチェルのほうは穏やかな品位を漂わせていた。ほほえみを浮かべた二人の写真を眺め、アリーズは彼らが自分を温かく受け入れてくれるだろうかと案じた。できれば、そうであってほしかった。今、彼女に必要なのは、敵ではなく味方なのだ。

何を着るか迷ったあげく、アリーズはしゃれたレザーのスカートと、淡いブルーとライラック色の微妙な色合いのセーターを選んだ。

ＢＭＷが戻ってきたのは、午後も遅くなってからだった。アリーズは胃がきりきり痛んだ。玄関のドアが開き、二人の男性の声に混じって、軽やかな女性の笑い声が聞こえてきた。

アリーズは深呼吸を一つしてから、玄関ホールに向かった。そこには、魅力的な中年女性がアリーズと同じように不安そうな様子で立っていた。

アリーズがためらいがちに立ち止まると、その女性はおずおずとほほえみかけてきた。

「アリーズね」彼女は穏やかに話しかけた。「あなたに会えてうれしいわ」

「ミセス・ステファーノス」義母にどう呼びかけたらいいだろうか。なにしろ、状況が込み入っているのだ。

「あら、レイチェルと呼んで」アレクシの継母《ままはは》はアリーズの両手を取った。「そして、アレクサンドロスとね」そう言って、彼女は少し脇《わき》に寄り、夫に場所を譲った。

これなら大丈夫。アレクサンドロス・ステファーノスの固い握手を受けながら、アリーズはほっと安心した。そんな気持が顔に出ていたのか、アレクシは驚くほど優しい元気づけるような笑みを彼女に向けた。

「荷物を二階の客用スイートルームに運ぶよ。それがすんだら、何か飲もう」アレクシが言った。

「わしも手伝おう」アレクサンドロスが訛《なまり》の強い口調で申し出た。アリーズはレイチェルのほうに顔を向けた。

「どうぞゆっくりなさって。ジョージもじきに目を覚ますはずですわ」

レイチェルの瞳がうるんだ。「ああ、私、どれほどあの子に会いたかったことか！」

「とてもかわいい子ですわ」アリーズは軽くあいづちを打って、レイチェルが座った椅子の近くに腰かけた。

「あなた、あの子をとても愛しているのね」

「あの子なしの生活なんて考えられません。アントニアのためにも、私自身のためにも」アリーズは穏やかに答えた。

アレクシの継母の表情が和らいだ。そこには、深い同情と理解が表れていた。「アレクシは本当にアレクサンドロスとよく似ているのよ。態度は素っ気ないけど、とても思いやりの深い子なの。彼ならきっといい父親になるわ」レイチェルはいったん言葉を切り、それからためらいがちにつけ加えた。「そして、頼れる夫にね」

でも、私は夫なんて欲しくないのよ。アリーズは思わず叫びそうになった。もし夫が欲しかったとしたら、あなたの憎たらしい息子なんて選ばなかったはずだわ！

男たちの声を耳にして、アリーズはラウンジに入ってきた彼らを振り返った。

「では、一杯いこうかな」アレクシはそう言って、バーのほうに歩み寄った。「アレクサンドロス？ レイチェル？」

固苦しい家族関係を想像していたアリーズは、アレクシが両親を気軽に名前で呼んだことを意外に思った。

「クィーンズランド産のビールでももらおうかな」そう言って、アレクサンドロスは妻の隣に座った。「あれはさっぱりした味だから」

「私はミネラルウォーターがいいわ」レイチェルはほほ笑みを浮かべた。「アルコールが入ると、眠たくなってしまうのよ」

「アリーズは？」

「ミネラルウォーターを」答えてから、アリーズはレイチェルのほうを振り返った。「紅茶かコーヒーでなくていいんですの？」

「ええ、けっこうよ」レイチェルはやんわりと断った。「冷たいもののほうがいいわ」

それからいくらもたたないうちに、ジョージが目を覚ました。インターフォンを通して、彼の元気な泣き声が響き渡ると、アリーズはグラスを置き、急いで立ち上がった。

「あの子を着替えさせて、ここに連れてきますわ」

アリーズはレイチェルがそわそわしているのに気づいた。「よかったら、ご一緒しません？」

「ええ、ぜひ」レイチェルは即座に答え、アリーズと一緒にホールへ出た。

二人が主寝室に着くころには、ジョージの泣き声は最高潮に達していた。小さな顔は怒りで真っ赤だった。

「まあ、かわいい！」レイチェルが小声でつぶやいた。二人の姿を見たとたん、ジョージはすぐに泣きやみ、涙に濡《ぬ》れた顔をくしゃくしゃにして笑った。

「けっこう抜け目ないんですのよ」アリーズは手早く濡れたおむつを外し、乾いたものと交換した。

「ほら、いい子ね」赤ん坊の頬に鼻をすり寄せ、優しくなだめる。「さあ、ミルクの時間よ」

ジョージが返事の代わりに足をばたつかせると、レイチェルは愉快そうに笑った。

「ジョージジョウもよくそうしてたわ」

アリーズには彼女の心の痛みが手に取るようにわかった。「よかったら代わりません？　ラウンジでジョージにミルクを飲ませてやっていただきたいんですの」

レイチェルの瞳が涙でうるんだ。「ありがとう」

孫を囲むアレクシの両親の喜びようは、見ていて胸が締めつけられるほどだった。思わず涙が出そうになり、アリーズは何度もまばたきしなければならなかった。

一時間後、ジョージは再びベビーベッドに寝かしつけられた。レイチェルが顔を洗うために二階に上がると、アリーズは夕食の仕上げに取りかかった。いろいろと考え抜いた末にアリーズが選んだメニューは、チキンコンソメ、ローストチキンと野菜のつけ合わせ、それに新鮮な果物だった。アレクサンドロスの好みがわからないので、念のためにオリーブとぶどうを添えたチーズの盛り合わせも用意した。

食事は大成功のうちに終わり、アリーズはやっと緊張がほぐれて肩の力を抜いた。

「二人とも、明日はゆっくり休まなきゃだめだよ」

ラウンジでコーヒーを飲みながら、アレクシは両親に言い渡した。「午後になったら、僕が市内のアパートメントまで送っていくからね。夜は一緒に外で食事しよう」

意外な話にアリーズが目を丸くすると、レイチェルがすかさず説明に入った。

「アレクシはサーファーズ・パラダイスの中心部にアパートメントを持っているのよ。アレクサンドロスと私はしばらくそこに泊まってから、シドニーに住む私の妹を訪ねることにしているの。それがすんだら、またゴールド・コーストに戻ってくるわ」

アリーズの不満そうな顔を見て、レイチェルは表情をなごませた。

「これでいいのよ。私たちは自分たちの自立を大切にしているし、あなたたちの自立も尊重しているわ。あなたたちは特異な状況で結婚したんだから、二人きりで過ごす時間が必要よ」

アリーズは言ってやりたかった。これは便宜的な結婚にすぎない。彼女がジョージを連れてパースに逃げ帰るまでの一時的なものなのだと。しかし、それは実際に声に出して言えることではなかった。

「それじゃあ」レイチェルは立ち上がった。「もしかまわなければ、私たちは休ませてもらうわ」夫から義理の息子へと視線を移しながら、彼女は少しためらうようにほほえんだ。「長旅だったから、私、本当にくたくたなのよ」

アリーズもすぐに立ち上がった。「もちろん、かまいませんわ。必要なものはすべてお部屋にそろってますから」

「ありがとう」

アリーズは行儀よくアレクシと肩を並べて、両親をホールに送り出したが、二人が二階に着くまで待たずに、さっと彼のそばを離れてラウンジに戻った。

「もう少しコーヒーをいれよう」アレクシはさらりと言った。「まだ書斎で二時間ほど仕事をしなくちゃならないんだ」

「コーヒーなら、パーコレーターにたっぷり残っているわ」アリーズは軽く肩をすくめた。「すぐ温め直せるわよ。なんだったら、私が持っていきましょうか」

アレクシは素っ気なくうなずき、書斎に向かった。

数分後、アリーズは書斎に入っていき、湯気の立つコーヒーを彼のデスクに置いた。

アレクシは座り心地のよさそうな革張りの椅子にもたれ、何かを読み取ろうとするようにアリーズを見つめた。

「両親のことをどう思う?」

「まだお会いしたばかりだから」アリーズはぎこちなく言った。できれば、この場から逃げ出したかった。レイチェルとアレクサンドロスが一緒の時は、彼の存在にもどうにか耐えられたが、こうして二人きりになると、やはり緊張してしまう。

「レイチェルとはうまが合うみたいだね」それは質問というよりも、断定に近かった。「で、僕の親父《おやじ》のほうは?」

「優しそうな方だわ」アリーズは礼儀正しく答えた。すると、アレクシの口もとに皮肉混じりの笑みが浮かんだ。

「息子よりずっと優しいってわけか?」

アリーズは礼儀をかなぐり捨てた。「そうよ。あなたは野蛮な暴君だわ!」

彼は冷笑するように片方の眉をつり上げた。「お次はなんて呼ぶつもりかな?」

アリーズの瞳が青くきらめいた。「せいぜい楽しみにしていてね!」

アレクシは目尻にしわを寄せた。「ああ、楽しみにしてるよ」

デスクの上にあるものを片っ端から投げつけてやりたい衝動に駆られたアリーズは、ぎゅっとこぶしを握って耐え、ドアに向かった。

「おやすみ、アリーズ」からかうようなアレクシの声が、追い討ちをかけるように背中に飛んできた。キッチンに向かう間、アリーズはずっと怒りの言葉を吐き続けた。

一時間後、アリーズは憤懣《ふんまん》やるかたない気分でベッドに横たわっていた。が、アレクシに報復する方法をとりとめもなく考えているうちに、いつのまにか寝入ってしまった。

翌日、レイチェルとアレクサンドロスが階下に下りてきたのは、昼近くなってからだった。前後して、アレクシも仕事から戻ってきた。のんびりとした食事がすむと、レイチェルは孫につきっきりになって、ミルクを飲ませたり、寝かしつけたりした。

一緒にコーヒーを飲んでいるうちに、アリーズはアレクシの継母とすっかり意気投合した。アリーズは生前のアントニアのことをいろいろと語ったが、その間もアレクシは一貫して超然とした態度を保っていた。

「写真をお見せしますわ」アリーズはレイチェルに言った。「アルバムはパースから発送して、まだこっちに届いてないんですけど、何枚かは自分で持ってきましたのよ」

写真のアントニアは金髪をなびかせ、幸せそうに笑っていた。はちきれんばかりの笑顔だ。

「君のは、アリーズ？」アレクシがさりげなく尋ねた。「写真は全部アントニアのものだけかい？」

「いいえ、もちろん違うわ。でも自分の写真を持ってきても、あまり意味がなさそうだったから」

アレクシのまなざしは、驚くほど真剣だった。

「なぜ？　子供のころの君を見たかったのに」

「じゃあ、あなたの少年時代の写真も見せてもらわなくちゃね」アリーズがわざと甘えるように言うと、アレクサンドロスが低い声で笑った。

「こいつは背ばかり高いやせっぽちで、とてもきかん気だったんだ。問題児ってやつだよ」

「想像がつきますわ」アリーズはちらっと笑いあいづちを打った。

「肉がつき出したのは十九歳ごろからね」レイチェルがアレクシにいたずらっぽくほほえみかけた。「声は低くなるし、筋肉がついて、すごくかっこよくなったの。女の子たちがきゃあきゃあ言って、たいへんだったのよ」

「恋人には不自由しなかったでしょうね」アリーズが冷淡に感想を述べると、アレクシはハスキーな笑い声をたてた。

「僕はどの女の子とも一線を画していたよ」

「みんなの夢をぶちこわしたわけ？」アリーズは冷やかした。だが、アレクシは一瞬、真顔になってから、冷ややかな笑みを浮かべた。

「そういう君の夢は、アリーズ?」アレクシは逆襲し、強引に彼女の目をのぞき込んだ。

アリーズは喉に塊がつかえたような気がした。当たり障りのない会話が、いつのまにか微妙に変化している。「ほかの女の子たちと同じよ」彼女は穏やかに受け流した。「ただ、私の場合、一番の夢は仕事で成功することだったけど」

「恋人が欲しいとは思わなかったのかい?」

アントニアがむこうみずな性格で、絶えず男性に言い寄られていたのに対し、責任感の強いアリーズは、そんな妹に目を配るだけで手いっぱいだった。しかし、妹に嫌悪や嫉妬《しっと》を感じたことはなく、単なる個性の違いとして受け止めていた。

「デートくらいしてたわ」アリーズは言い返した。「テニスでしょう、セーリングでしょう、それに映画や観劇やダンスも」彼女はつんとあごを上げ、輝くばかりの笑顔を装った。「そして今は、裕福な夫とすてきな家に住み、かわいい息子もいて。これこそ女性の夢見る暮らしじゃないの」

アレクシは鼻で笑った。これが彼の両親の前でなければ、アリーズは黙っていなかっただろう。

「お茶でもいれましょうか?」言ったアリーズ自身も驚くほど落ち着いた声だった。彼女はそしらぬ顔で立ち上がった。

キッチンに行くと、パーコレーターに水を入れ、フィルターを交換し、挽《ひ》いたコーヒー豆をスプーンで入れた。まるで手が勝手に動いているみたいだった。食器棚を開けて、カップと受け皿をセットし、砂糖とミルクとクリームを出した。朝のうちに焼いておいたケーキをトレーに載せる。これで準備は整った。

コーヒーがわいた。アリーズはすべてのものをワゴンに載せ、落ち着き払った様子でラウンジまで押していった。もし彼女が女優であれば、拍手喝采《かっさい》ものの演技だった。まるで暗黙の了解でもできているように、その後の会話は当たり障りのない話題に終始した。

四時少し前にアレクシが立ち上がり、レイチェルとアレクサンドロスを街まで送っていこうと言い出した。

「今夜の食事を楽しみにしてるわ」レイチェルはそう言い残して、車の後部座席に滑り込んだ。アリーズは彼女に心からほほえみかけた。

「私もですわ」アリーズがそう返事をし、あとずさるのを待って、アレクシはBMWを出発させた。

家の中に戻ったアリーズは、手早くラウンジを片づけ、食器を洗ってから、寝室に戻ってシャワーを浴びた。あと一時間もすれば、ジョージが目を覚ますはずだ。

食事に着ていく服は、思ったより簡単に決まった。エレガントな赤いシルクのツーピースだ。ブラウスは着ないことにし、黒いスエードの靴とそろいのクラッチバッグを選んだ。化粧も目の部分に気を遣ったほかは適当にすませた。これで、ジョージを寝しつけたあと、五分以内に支度ができるはずだ。それだけ決めてしまうと、アリーズは髪をブロウし、シルクのローブをはおった。

やがて、玄関のドアが閉まる音がしたかと思うと、アレクシが主寝室に姿を現した。

「ベビーシッターは六時に来るはずだ」アレクシは上着をベッドの上に脱ぎ捨てた。「六時半に両親を迎えに行く約束になっている。テーブルは七時半に予約しておいたからね」

アリーズは黙ってうなずいた。シャツのボタンを外していたアレクシは、一瞬手を止めた。アリーズがあわてて視線をそらすと、彼は目を細めた。

「何か気に入らないことでもあるのかい?」

「何もないわ」アリーズはぎこちなく言った。

「一人ですねるのはよせよ」

アレクシの警告に、アリーズはきっとなって振り向いた。ここ数時間の間に鬱積《うっせき》していた怒りが爆発した。

「すねてなんかいないわ！　ただ、あなたのご両親の前で、自分がばらばらに解剖され、分析されるのがいやなだけよ！」

アレクシの口もとにいつもの皮肉な表情が浮かんだ。「いったい何の話をしてるんだ？」

「アントニアが遊び回っていた間、私はただ家でぼうっとしてたわけじゃないのよ」アリーズは真正面から彼の目を見据えた。

「でも、君には彼女を養育する責任があったんだろう？」アレクシがうわべは穏やかに尋ねた。「姉として、亡くなった両親の代わりを務めていれば、どうしても自由が制限されるんじゃないか？」

「私が親代わりを務めていたと思ったら、大間違いよ！」

アレクシは無言のまま、じっと彼女を見つめていた。「じゃあ、仕事と家事以外の時間は、どんなことをしていたんだね？」

アリーズの目つきが険しくなる。「あなたに説明する義理はないわ」

「だったら、どうしてそうむきになるんだい？」

「私を遊びなんて全然知らない人間みたいに扱うからよ」

「すると、君はデートに出かけ、男たちと遊んでいたわけか？」

「そうよ」アリーズはきっぱり答えた。少しぐらい誇張したってかまうものですか。彼女はつんとあごを上げた。瞳には危険な輝きが宿っている。「お次は何、アレクシ？　お互いの過去のセックス・フレンドを数え上げるの？」

「そんなに大勢いたのか？」

「どっちにしても、私たちの結婚には関係ないことだわ」アリーズが落ち着き払って言い返すと、アレクシは疑わしそうな目を向けた。

「僕では君を満足させられないって言うのか？」

いつのまにか、話題が危険な方向にそれていた。彼のたくましい体が自分の上に覆いかぶさるところを想像しただけで、胃が締めつけられるような気がする。

「法律上の夫婦だからという理由だけで、ベッドに連れていこうというつもり？」

アレクシの瞳に皮肉なユーモアが宿った。「おやおや、アリーズ、君はセックスを単なる義務にすぎないと思っているのかい？」彼はアリーズのあごに手を当て、頰を親指でなでた。「君の経験が足りないのか、それとも君の恋人たちが自分勝手で鈍感だったのか」

思わず頰が赤らみ、アリーズは無言で彼をにらみつけた。

アレクシはゆっくり頭を下げ、アリーズのこめかみに唇を当てた。アリーズは金しばりに遭ったように立ち尽くしていた。彼の唇は少しずつ下に移動し、優しく官能的にアリーズの唇の輪郭をなぞった。

不安のあまり、アリーズの全身が小刻みに震える。アレクシの舌はついに彼女の唇に分け入り、敏感になっている皮膚に甘い刺激を与えた。

彼の腕にもたれ、キスに応《こた》えたい誘惑が襲ってくる。一瞬、アリーズは、そんなことをしては終わりだと訴え続ける胸の奥の警鐘を無視しかけた。

その時、隣の居間からしゃくり上げる声が起こったかと思うとたちまちジョージがわっと泣き出した。空腹を訴えているのだ。

「残念」そうつぶやいて、アレクシはアリーズを放した。茫然《ぼうぜん》としていたアリーズは、はっと我に帰り、あわてて彼に背を向けた。

アリーズは居間に入り、ジョージのおむつを替えてから、キッチンでミルクを温めた。

ジョージは夢中でほ乳びんにむしゃぶりついた。授乳のペースを調節しながら、アリーズはいつもどおり優しく話しかけた。まだ言葉はわからないジョージだが、声の調子で何かを感じ取ることはできるのだ。彼は日に日に大きくなるようだった。アリーズは誇らしさで胸がいっぱいになり、身をかがめて小さな額にキスした。

この子のためならなんだってするわ。アレクシ・ステファーノスとの結婚生活にも耐えてみせる。およそ一時間後、ジョージを寝かせながら、アリーズはそう覚悟を決めた。

赤ん坊が寝てしまうと、アリーズは大急ぎでローブを脱ぎ捨て、シルクのツーピースに着替えた。髪に軽くブラシを当て、お気に入りの香水をたっぷりふりかけてから、等身大の姿見で自分の後ろ姿を点検した。

インターフォン越しに、くぐもったチャイムの音が響き、アレクシが更衣室から姿を現した。

「たぶんメラニーだ。法学部の学生なんだが、五人きょうだいの長女で、とても有能な子だよ」

アレクシの姿を見たとたん、アリーズは息をのんだ。彼女は急いで何気ないふりをし、彼の一分のすきもないダークスーツ姿を眺めた。シャツには細いストライプが入っていて、ネクタイの結び方も申し分ない。

ジョージを見知らぬ他人に任せることへのためらいは、メラニーに紹介されて数分もしないうちに消えうせた。彼女はアレクシの仕事仲間の娘ということだった。

「レストランの電話番号をメモしといたよ」アレクシはメラニーに紙切れを渡した。「こっちはアパートメントの番号だ。帰りにちょっと立ち寄るかもしれないからね。夜中までには戻ってくるつもりだけど、もし遅くなりそうだったら電話するよ」

「ジョージはもう眠っているの」アリーズがつけ加えた。「たぶん目を覚まさないと思うけど、もし起きたとしたら、きっとおむつが濡れているはずよ。おむつを替えても寝つかない時はミルクをやってね。どこに何があるか説明するから、一緒に来てくれないかしら」

それから十五分後、アリーズはBMWの座席に座っていた。車は湾岸道路をサーファーズ・パラダイスの中心に向かってひた走っている。

「どこで食事をするの？」

「シェラトン・ミラージュ。スピットにあるんだ」

「名士が集まる所なんでしょうね、きっと」アリーズには皮肉を言ったつもりはなかったが、アレクシはちらっと探るような視線を送ってきた。

「去年ここに来た時に、レイチェルがそのリゾートホテルをすっかり気に入ったんだ。今夜、そこで食事をするのも彼女の希望なんだよ」

謝らなくては。そう思っても、言葉が出てこない。アリーズはずっと口をつぐんだままだった。やがて車は、海を望む堂々とした高層アパートの入口で止まった。

アレクシは案内係に車を任せ、アリーズの先に立って上品なロビーに入っていった。

アパートメントはアリーズが想像していたよりはるかに広く、床から天井まで届くガラス窓から海岸線を一望することができた。海沿いの観光地区に並ぶ高層ビル群の明かりが無数に点々ときらめき、ベルベットのような宵やみの下に、おとぎの国を思わせる光景が果てしなく広がっている。

「あなた、とってもきれいよ」レイチェルがアリーズを褒めた。

「だろう？」

そう言ったアレクシの声には冷笑するような響きがあったが、アリーズは無視することにした。「ありがとうございます」

「ここで何か飲んでいく、それとも、ホテルに着いてからにする?」

「ホテルに着いてからにしましょう」レイチェルが答えた。「アリーズもきっとあそこが気に入るはずよ」

毛足の長いブルーのカーペットを敷き詰めた広大なロビーを前にして、アリーズはレイチェルの言ったとおりだと思った。壁はクリーム色の大理石で、エキゾチックなアンティークが並べられている。ロビーの中央には雄大な滝が作られ、タイル張りの珊瑚礁《さんごしょう》のまん中にバーがあった。

「昼間にもぜひ来てみなくちゃね」レイチェルは笑顔で言った。「道の向かいにあるマリーナのショッピングセンターが面白いのよ。一緒に見て回って、コーヒーでも飲みましょう」

「妻は買い物マニアでね」アレクサンドロスが息子に似た低い声でアリーズに告げた。

彼らはラウンジのバーに腰を落ち着けた。アリーズが酒を断り、レイチェルと同じくオレンジジュースのソーダ割りを頼むと、アレクシはまぶたを伏せ、探るように彼女を眺めた。

「あら、私がお酒を飲まないからって、あなたまで私につき合う必要はないのよ」

「私、お酒は飲まないんです」アリーズは穏やかに答えた。「特別の場合にシャンパンを飲む程度で」

「ドン・ペリニヨンとか?」レイチェルが陰謀を持ちかけるように尋ねた。アリーズはにっこり笑ってうなずいた。

「そういうことなら、今夜は大サービスするかな」アレクシはそう言い、ウェイターに注文を伝えてから、椅子にもたれた。すっかりくつろいでいる様子だ。

アリーズのほうは胃が痛くなるほど緊張していた。こんなに心もとない気分になるなんて、どうかしている。正気じゃないわ。目の前に座った男のことが、これほど気になるなんて。

さっきのキスの記憶がよみがえり、アリーズはますます落ち着かなくなった。笑顔を作り、くつろいでみせるために、彼女は意志の力を総動員させなければならなかった。

レイチェルとアレクサンドロスが息子の結婚にどんな期待を抱いているにしろ、彼らがこの結びつきを大いに喜んでいることだけは間違いない。そして、義理の娘を温かく受け入れていることも。アントニアが生きてさえいれば——アリーズは深い悲しみを感じた。理想的な義理の両親を選べるとしたら、アレクシの父親と継母ほどすばらしい夫婦はなかなかいないだろう。

こんなことを考えるのは危険だ。ようやくレストランに移ることになった時には、アリーズは救われた気分になった。

7

食事はすばらしかった。料理はおいしく、盛りつけも芸術的と言ってよかった。ただ、アリーズの食欲だけが、どこかに消えうせてしまったかのようだった。彼女はマッシュルームのクリームスープとくるまえびのフライだけしか頼まなかった。

しかし、シャンパンのグラスを半分ほどあけるうちに、アリーズの気持も落ち着いてきた。それでも、アレクシの視線が気になることには変わりなく、たまたま彼と手が触れたりすると、息の詰まりそうな感覚に襲われた。

食事がすみ、アレクサンドロスにダンスフロアで踊ろうと誘われた時、アリーズは正直言ってほっとした。

アリーズはレイチェルに笑顔を向けた。「いいんですの?」

「あら、もちろんよ」レイチェルはいたずらっぽい顔つきになった。「私はアレクシと踊るから」

アレクサンドロスは息子と同じく、亭主関白のタイプらしい。そう思いながら、アリーズは彼に導かれるままに、レストランの狭いダンスフロアに向かった。息子と同じように精力的で、老いたりといえども、男らしい魅力は少しも衰えていない。アレクサンドロス・ステファーノスはチャーミングだった。礼儀正しく、誠実で、夫として頼りになりそうな人物だ。

「羽根のように軽やかなステップだね」アレクサンドロスが言った。「実に優雅だ」

「パートナーがすばらしいからですわ」アリーズはにっこり笑って答えた。

「それに、君はとても親切だ」

親切？　私が？　アリーズは考え込んだ。でも、あなたの息子に対しては親切とは言えないわ。「レイチェルとお二人で休暇をうんと楽しんでくださいね」

「ジョージョウに息子がいたと知って、どれほど救われたか。あの子は宝だよ。わしたちにとって大切な存在だ」

アリーズは返事に窮し、黙って踊り続けた。音楽はほとんど耳に入らず、踊っている周囲の人々のことも頭になかった。

「パートナーをチェンジしようよ」不意に近くでアレクシの声がし、アリーズはステップを踏み間違えた。彼女は全身をこわばらせ、夫の腕の中へ送り出された。

アレクシの抱き方はダンスと言うにはあまりにもきつすぎた。アリーズはうっとうしさに悲鳴をあげたくなった。

「やめてよ」いらいらして腹を立てたアリーズは文句を言った。所有されているという感じが、たまらなく不快だ。

「妻とダンスしてどこが悪いんだい？」

アレクシの返事は癇《かん》に障るものだった。しかし、ここで彼の腕を振りきっては、周囲が何事かと思うに違いない。アリーズはつんとあごを上げ、あでやかに彼にほほえみかけた。

「これがダンスですって、アレクシ？　その顔をひっぱたいてやりたいわ！」

アレクシは愉快そうに眉をつり上げた。「この調子だと、僕たちが愛し合う時はどうなるかな？　僕を殺すのか？」

「当然そうするでしょうね！」

彼の瞳がユーモラスな光を帯びた。「ああ、君ならやるだろうね」

アレクシがけんかとその後の成り行きを楽しみにしているのは疑いようがない。それでもアリーズの本能は、おとなしく従ってはおしまいだと警告していた。

心を揺さぶるような切ない曲が流れている。その調べを聴いているうちに、アリーズは涙が出そうになった。

どうかしてるわ。アリーズは自分に言い聞かせた。あなた、彼が嫌いなんでしょう？　このところの緊張のせいよ。結婚。アレクシの両親の来訪。とにかくいろいろありすぎたわ。

「テーブルに戻りたいんだけど」つい懇願するような口調になってしまった。アリーズは彼の腕から逃れたい一心で身を引いた。

「あと少しでバンドが休憩に入る。それに、親父《おやじ》たちがまだ踊ってるんだ。一緒に戻るべきだと思わないか？」アレクシが耳もとでささやいた。こめかみに彼の息がかかり、アリーズの髪が揺れた。

「私、頭痛がしてきたのよ」アリーズはとっさに言いわけした。アレクシは彼女をダンスフロアの端のほうへと導いたが、その目はごまかされないぞと言っているようだった。

「本当、それとも作り話？」

アリーズの瞳がきらりと光った。「どっちだっていいでしょ？」かっとなったアリーズは、踵《きびす》を返して足早に彼から遠ざかった。

明るい照明のついた化粧室に入ると、アリーズはあいている鏡の前に立ち、化粧を直すふりをした。

顔が真っ青だわ。それに脅えたような目つき。まるで、猛獣に追い詰められた非力な動物みたい。

アリーズはそのおかしな連想を笑い飛ばそうとしたが、喉が詰まって声にならなかった。もっと、しっかりしなくては。くだらない想像をしたところで、アレクシ・ステファーノスとの闘いの助けにはならないわ。

頭痛という口実はまったくの嘘《うそ》ではなかった。片方の目の奥がずきずきと痛み出している。これもアレクシのせいだ、とアリーズは決めつけた。

あまりぐずぐずしてもいられない。アリーズは覚悟を決めて口紅を塗り直し、髪を整えてから、テーブルに戻った。

「ねえ、大丈夫なの？」アリーズが座ったとたん、レイチェルが尋ねてきた。三人の気遣わしげなまなざしにさらされ、アリーズはなんとか笑顔を取り繕った。

「ええ、ご心配かけてすみません」

「顔が真っ青だわ。本当に平気なの？」

私の演技力もたいしたことないのね。「ジョージのことが気になって」アリーズはさりげなく弁解した。「たまに夜泣きしたりするんです」

「ジョージジョウもそうだったわ——昼は天使みたい

なのに、夜はぐずって大変だったのよ」レイチェルはなだめるように笑いかけた。「でも、じきに夜泣きしなくなるわ」

「それまで、こっちはおちおち寝ていられないわけだ」アレクシはもったいぶった口調で言うと、アリーズに意味ありげな視線を送った。

何よ、この人。恥ってものがないの？　アリーズはむかむかしたが、彼の両親に遠慮して反論したいのを我慢した。

「今度のパーティのことを聞かせてちょうだい」レイチェルが気を利かせて話題を変えようとした。

「結婚披露パーティのつもりなんだ」アリーズはびっくりした顔になったが、アレクシはかまわず説明を続けた。「家族や友人たちにも、僕たちの結婚を一緒に祝ってもらおうと思ってね」

胃がきりきりと締めつけられるようだ。よくもそんなばかげたことを。まるで茶番劇じゃないの。

「すてきなアイデアね！」アレクシの継母《ままはは》は歓声をあげた。アリーズのほうは、積もり積もった怒りを抑えるのに必死だった。

帰りの車の中でも、アリーズは助手席の端に腰かけ、体を硬くしていた。高層アパートの入口で、アレクシは車を止めた。

「コーヒーでも飲んでいかない？」レイチェルが誘った。アリーズは、はっと息を詰めたが、アレクシは残念そうに断った。

「もう遅いし、僕たち二人とも、早く家に帰りたいんだ。いくらベビーシッターが有能だからといっても、彼女にジョージを預けるのはこれが初めてだからね」

それは事実には違いないが、たいした理由とは言えないものだ。アリーズは笑顔を装って、おやすみの挨拶《あいさつ》を交わし、明日、一緒に出かけませんかとレイチェルを誘った。

しかし、車が走り出したとたん、アリーズは堰《せき》を切ったように怒りをぶちまけた。

「あなたにはうんざりよ！」

「それはまたどうして？」アレクシは皮肉っぽくき返した。アリーズはさらに激昂《げっこう》した。彼が運転していなかったら、ぶってやるのに。

「私たちが同じベッドで寝てるって、わざとほのめかしたじゃない。それにパーティのことだって。もう一度、恥じらう花嫁の役をしろって言うの？」

「へえ、アリーズ、君はまだ恥じらってるのか？」

アリーズはじろりと彼をにらみつけた。「単なるたとえでそう言ったまでだわ」

「だろうね」

「もう、その保護者みたいな顔はやめてよ！」

「けんかがしたいのなら、せめて家に着くまでは待つことだ」アレクシはいやみっぽく警告した。理屈で負けたアリーズは、ぷいと前を向き、フロントガラスの向こうの景色をにらんだ。

海沿いの有名な観光地区にはあかあかと照明がともっているが、その背後の空はインクを流したように黒く、入江の浅瀬に溶け込んでいる。やみの中に街の輪郭がぽっかりと浮かび、またたく星が明日の晴天を約束しているかのようだった。

アレクシは渚《なぎさ》の道路に車を向けた。家に着く時間を引き延ばして、私の癇癪《かんしやく》が収まるのを待つつもりかしら。アリーズは意地悪く考えた。

メラニーの報告によれば、ジョージはむずかりさえしなかったという。彼女はアレクシからお金を受け取り、人なつっこい笑顔で別れを告げた。

「ジョージの様子を見てくるわ」アリーズは即座に言った。

「逃げる口実だろう、アリーズ？」

「違うわよ、失礼ね！」

アレクシの瞳が嘲《あざけ》るように光った。「コーヒーをいれるよ。お酒とクリームを入れるかい？」

アリーズはうんざりして振り返った。「私はもう寝るわ――今夜の義務は果たしたはずよ。おやすみなさい」

一瞬、沈黙が流れた。「君はレイチェルと親父の相手をするのを義務だと思っているのか？」

アリーズは目を閉じ、それからまた開いた。「お二人とも、とてもチャーミングだわ、息子と違ってね」

「本当に？」アレクシの声は、ベルベットに包まれた鋼のようだった。「じゃあ、それを証明してもらおうか？」

「主人のようにふるまうのはやめていただきたいわ！」

「おやおや、僕が持ってる結婚証明書には、僕は君の夫だって明記してあるんだがな」

「話をごまかさないで！」

「僕に夫らしい愛情を示されるのが迷惑なのか？」

「礼儀正しい心遣いはかまわないわ」アリーズは憤然として言った。「でも、親密な態度はごめんよ」

アレクシの微笑は異様なほど硬かった。「まだ親密にさえなってないのにな」

アリーズの手が宙を舞ったが、恐ろしい力でつかまれ、彼女は痛さにうめいた。

「そんなに殴りたいのか、アリーズ？　僕がどんな罰を与えるか、気にならないのか？」アレクシは強引に彼女を抱きすくめた。

「アレクシ、あなた、暴君のタイプなの？」アリーズも負けずに言い返したが、彼の顔に怒りがよぎったのを見て、一瞬、後悔に駆られた。

「僕はもっと微妙なやり方が好きでね」

「そんな話、聞きたくもないわ！」

「虚勢を張ってるの、それとも単にうぶなだけ？」

「その両方よ」アリーズは彼の腕に抱き上げられ、うろたえて息をのんだ。「何をするの」

アレクシの視線は、彼女の心の中まで貫くものだった。「君をベッドに連れていくんだ。僕のベッドにね」

アリーズはショックで目を見張った。「やめて！　お願いだから」

「まるで怖がっているような口ぶりだな」アレクシは柔らかい口調で嘲った。

怖いのは、自分が自分でなくなりそうだからだ。蛾《が》が明かりに誘われるように、彼に引きつけられていく自分の反応が腹立たしい。

「あなたなんか大嫌い！」アリーズは必死にもがいた。アレクシの面白がるような目つきが、怒りをさらにかき立てる。

寝室に入ると、アレクシはアリーズを立たせた。アリーズは力尽き、立っているのが精いっぱいだった。

「まるで脅えた子猫だな。毛を逆立てて、爪を立てている」アレクシのほほえみは官能的で、瞳は欲望に燃えていた。彼はアリーズのあごを親指と人差し指で挟み、上を向かせた。「君の猫なで声を聞くためなら、爪でひっかかれてもかまわない」

「エゴイスト」アリーズは弱々しくなじった。「私がそんな声を出すと思って？」

アレクシは返事もせずに、アリーズの唇を奪った。強引な誘惑を前にして、アリーズはどうすることもできなかった。

アレクシはいとも簡単に彼女の服を脱がせ、それから自分の上着を脱いだ。彼の手が薄いサテンのブラジャーに伸びると、アリーズはつらそうにうめいた。

「アレクシ……」

「やめろと言うのかい？」アレクシは優しくなじりながら、ブラジャーのホックを外した。

アリーズは興奮と不安の渦にのみ込まれた。口では抗議しながらも、心の中では、もう後戻りできないと知っていた。

アレクシの手が柔らかな胸を包み込み、唇が敏感な頂に触れた。アリーズは、はっと息をのんだ。快感が体の芯《しん》を突き抜け、全身に広がった。

気がつくと、アリーズの手は彼の髪をまさぐっていた。アレクシは再び彼女の唇にキスした。

背中を柔らかなマットレスに押しつけられ、アリーズは一瞬、我に帰った。だが、今はもうアレクシをただ見つめることしかできなかった。彼はシャツとズボンを脱ぎ捨て、最後に黒っぽい下着を取った。

引き締まった彼の体は力強い美しさにあふれていた。アリーズは不安と期待で全身がうずき、すがるようにアレクシの目を見つめた。

アレクシは彼女の全身に視線を這《は》わせ、唇でその跡をたどった。体が燃えるように熱くなり、アリーズはついにやめてと懇願した。しかし、何を言っても無駄だった。なんとか彼を止めたい一心で、アリーズは彼の髪をつかみ、強く引っ張った。

それでも効果はなかった。アリーズが必死にもがいて抵抗すると、アレクシは彼女の手をつかみ、肘を使って、彼女の動きを止めた。

アリーズはなすすべもなく、彼を受け入れた。憎しみと情熱がないまぜになる。アレクシがさらに深く押し入ってくると、アリーズは鋭い痛みに思わず悲鳴をあげた。

今のアリーズには、アレクシの喉からもれた短い悪態も耳に入らなかった。必死に頭を左右に振り、アレクシのキスを避けようとしたが、彼はアリーズの唇をとらえ、優しくなだめるようにキスした。

反射的にこぶしを作り、めちゃくちゃにアレクシをたたく。それもかいがないとわかると、今度は猛然と怒りがわいてきた。

アリーズに残された武器は、歯と爪だけだった。彼女はその両方を使い、アレクシの舌を噛《か》み、同時に彼の体をひっかいた。

「おてんばめ」

アレクシが少し唇を離すと、アリーズは苦しまぎれに叫んだ。「ひどい人！　あなたなんか大嫌い、大嫌いよ、わかった？」

アレクシは彼女の手をつかみ、頭の上に押しつけた。恐怖に駆られ、アリーズはなんとか彼から逃れようとのたうち回った。

「やめるんだ、おばかさん」アレクシはあっさりと彼女の動きを封じた。「かえって痛い思いをするだけだよ」

「さっさと私から離れてよ！」怒りの目でにらみつけ、アリーズは吐き捨てるように言った。

「まだだめだ」

「まだ満足できないの？」それは彼女の心の底から

ほとばしり出た悲痛な訴えだったが、期待していた反応は得られなかった。「アレクシ！」

「じっとしてて、子猫ちゃん」アレクシはアリーズの両手を片手で押さえ、そっと彼女の髪をなでた。それから、彼女のこめかみと閉じたまぶたにキスした。

「お願いだからやめて」

「嘘つきめ！」アレクシは彼女の喉にキスしながらささやいた。笑いを含んだ声だった。「ただリラックスしていればいいんだ。僕を信じて」

「どうして信じられて？」アリーズは叫んだ。とにかく、彼から逃れたかった。

「もう痛いことはない、約束するよ」

「じゃあ、どうして私を一人にしてくれないの？」

「こういうわけさ」アレクシは彼女の唇を唇でふさぎ、ゆっくりとした動きを始めた。アリーズは次第にうずくような興奮にとらわれていった。

アレクシは熟練した動きで、アリーズの快感を呼び起こす。アリーズは彼をひっかくのをやめ、いつのまにか彼が与えるすべてを受け入れていた。

やがて我に帰ったアリーズは、激しい自己嫌悪に駆られた。気がつくと、体のあちこちが痛んでいた。一人になりたかった。たとえいっときでも、この大きなベッドとそこに横たわる男から逃れたかった。

「どこに行くつもりだ？」

一糸まとわぬ姿でアレクシの目の前に立つのは容易なことではなかったが、アリーズは持ち前のプライドであごを上げ、彼のほうに振り返った。

「お風呂に入るのよ」アリーズはきっぱりと言い返し、隣の浴室に入っていった。浴室のドアを閉め、プラグを押して、大きな浴槽に湯を入れ始める。

数分もしないうちに、浴室は湯気でいっぱいになった。バス・オイルをふんだんに加えてから、アリーズは温かい湯の中に足を踏み入れた。

アリーズがスポンジに手を伸ばした時、アレクシが浴室に入ってきた。かっとなったアリーズは、思わず彼にスポンジを投げつけた。

アレクシはくぐもった声で笑い、平然と浴槽に踏み込んで彼女と向かい合う格好で座った。アリーズは肩だろうと腕だろうとかまわず、彼に殴りかかったが、手首を鋼のような力で押さえられてしまった。

「もう十分だろう、アリーズ」アレクシの声はきびしく、落ち着き払っていた。アリーズは彼をにらみつけた。少しでもすきがあれば、またぶつつもりだった。

「わからないの？　私は一人になりたいのよ」それは心の底から出た叫びだった。アリーズの唇はわなわなと震えていた。心も体も消耗し、今にも涙がこぼれそうだった。

熱っぽいまなざしが、彼女の目を見返してきた。たまらない気分になり、アリーズはつんとあごを上げた。

「どうしてそんな目で私を見るの」

「僕たちは愛し合ったばかりなんだよ」アレクシはけだるい口調で言った。「僕の目つきがどうだって言うんだ？」

「気にくわないのよ！」アリーズはむこうみずに言い返した。

「君が気に入らないのは、君の官能を呼び覚ましたのが僕だという事実だろう」アレクシの唇にゆがんだ笑みが浮かんだ。「そして、嫌っているつもりの相手に喜びを感じてしまった自分がいやなんだろう」

彼が口にしたのはまさに真実だが、アリーズにとっては認めたくないものだった。「あなたのしたことは野蛮な——動物と同じよ！」

「だれが君の快感を無視して、自分の快感だけをむさぼったんだ？」アレクシは皮肉たっぷりに尋ねた。

頰が真っ赤に染まり、アリーズは思わずまつげを伏せた。「絶対あなたを許さないわ」彼女は静かな口調だが激しさをこめて言いきった。「絶対に」

「子供みたいな口ぶりだな」アレクシは愉快そうにからかった。アリーズはぱっと目を見開いた。

「もう子供じゃないわ、あなたのおかげでね！」

アレクシは手を持ち上げ、彼女のあごを指でなぞった。「どういう理由かききたくなるな」

アリーズはまるで火傷《やけど》を恐れるように、彼の手から身を引いた。彼のわざとらしい誘惑も、官能的なしぐさも許せなかった。「私はもっと優しい手ほどきを受けたかったわ」

「でも、痛みのあとは快感がやってきた、そうじゃないか？」

アリーズの瞳が怒りに燃えた。「比較できるような経験がないから、コメントできないわ」

アレクシのハスキーな笑い声が、アリーズの怒りを爆発させた。彼女は立ち上がり、タオルを取って急いで浴槽から出た。アレクシも彼女に続いた。

その時初めて、アリーズは彼の胸に残る長いひっかき傷に気づいた。彼女はくるりと背を向けた。自分があんな危害を加えたのかと思うと、吐き気がする。

寝室に戻ったアリーズは寝巻きを着てから、部屋に入ってきたアレクシをおそるおそる振り返った。

「アリーズ、君はここで僕と寝るんだ」アリーズが口を開きかけたのを見て、穏やかにつけ加えた。

「反論は受けつけないからね」

アリーズが居間のほうに一歩踏み出すが早いか、アレクシが彼女をつかまえた。抵抗もむなしく、あっさりと抱き上げられてしまう。アレクシは大きなベッドへアリーズを運んでいった。

「あなたと一緒には寝たくないわ」アリーズはシーツの間に潜り込んできた彼を、必死に押し返した。

「だろうね」アレクシはやすやすと彼女の体を抱き寄せた。「でも、そうするんだ」

「あなたはわがままな暴君よ！」

「ねえ、アリーズ、けんかするよりはるかに楽しいエネルギーの使い方を教えてあげようか」

その露骨なほのめかしに、アリーズは身をこわばらせた。「あなたの欲望のおもちゃにされるのはごめんだわ」

「明日は十二時間も働かなくちゃならないんだ。今、僕が望んでいるのは数時間眠ることだけさ。もっとも、君が違う意見なら、喜んで従うけど。だから、そんなに力まなくても大丈夫だよ」

「ばかなこと言わないでよ！」アリーズの悪態を無視して、アレクシはベッドサイドの明かりを消した。

それからいくらもしないうちに、アリーズのこめかみに彼の温かな寝息がかかり始めた。アリーズはじっと横たわったまま、なんとか体の緊張をほぐそうとした。やがて、まぶたが重くなり、疲労が彼女を安らかな眠りへと導いていった。

8

続く数日間で、アリーズはすっかりレイチェルと親密になった。アレクシの継母《ままはは》は毎朝やってきて、ジョージを風呂に入れる手助けをし、アリーズと交替で彼にミルクを飲ませてから、ベビーベッドに寝かしつけた。

そのあと、二人はお茶を飲みながら、のんびりとおしゃべりをした。昼食後、ジョージにミルクを与えて、再び寝かしつけると、メラニーに彼を預け、ゴールド・コーストの観光地区に立ち並ぶショッピングセンターに連れ立って出かけた。

アレクサンドロスは息子と一緒に、建設現場の視察に行き、会議や打ち合わせに参加して、夕方になると彼女たちと合流した。

当然のことながら、夕食は自宅ですますことになり、アリーズとレイチェルが協力して料理を作った。アリーズは、アレクシと両親たちの仲のよさに、かすかな羨望《せんぼう》を覚えた。彼らの関係はきわめて自然で気取りがないものだった。アリーズは一方で彼らと過ごす時間を楽しみながら、他方では、いつかアレクシと離婚をするのだから、あまり彼らと親しくしないほうがいいのではないかと警戒していた。離婚してしまえば、アレクシの両親も、彼女に愛情を感じなくなるだろう。そう思うと、なぜか悲しい気持になった。

夜はまた話が別だった。アリーズはアレクシの腕の中で次第に奔放にふるまうようになっていた。そして、彼女の意思に背く自分の体を疎ましく思い始めた。

アレクシが企画した結婚披露パーティの手配は、

思いのほか簡単に終わった。さまざまな招待客たちに電話をかけ、定評のあるケータリング会社に依頼するだけで、すべては完了した。

アリーズに残された仕事は、メラニーにベビーシッターの仕事を頼み、当日の衣装を選ぶことだけだった。

メラニーに頼むのはじつに簡単にすんだが、ドレス選びはけっこう厄介だった。ここでもレイチェルの助言が役に立った。選んだのは、シルクとレースでできた濃いクリーム色のアンサンブルで、アリーズの白い肌とサファイアブルーの瞳によく合っていた。袖《そで》は肘までの長さで、ぴったりとしたウエストが彼女の細い腰を強調し、優雅に広がるスカートは流行の丈のものだった。

客たちは八時になれば到着する予定だった。アリーズは六時過ぎにジョージを寝かしつけ、急いでシャワーを浴び、念入りに髪と化粧を整えた。

緊張しているとろくなことはないわ。アリーズはなんとか手の震えを押しとどめ、アイシャドーを塗って、改めて化粧をやり直した。

早く今夜が終わればいいのに。アリーズは切実に思った。アレクシの友人たちは、彼の新妻を厳しく品定めするに違いない。頭のてっぺんから爪先までこと細かに分析されるんだわ。

一時間後、アリーズは鏡の前に立ち、少し眉をひそめて自分の全身を眺めた。

「どうした？」

アリーズは低い声のしたほうを振り返った。アレクシはダークスーツと白いシャツに地味なネクタイを締め、いかにも洗練された感じだ。どうしてそう落ち着いていられるのかしら。アリーズは彼にねたみさえ感じた。

アリーズの瞳が不安に曇った。「あなた、どう思って？」

アレクシはなかなか返事をしなかった。アリーズは彼の視線にさらされ、ますます不安を募らせた。「きれいだよ」アレクシは彼女のあごに手を当て、少し上を向かせた。彼のほほえみには催眠術のような効果があった。アリーズは神経質に自分の下唇を舌でなぞった。「君と二人きりでいられないのが残念なくらいだ」

アリーズはいたずらっぽく目を上げた。「そして、せっかくのドレスを無駄にするの？　これ、すごく高かったのよ」

アレクシはにっこりほほえんだ。「すてきだよ、本当に」アレクシは彼女の手を取った。「メラニーはもう、ジョージと法律書を抱えて二階に上がっている。レイチェルとアレクサンドロスも到着した。パーティの支度は、すべてケータリング会社がやってくれているし、まだ客が来るまで時間がある。それまで二人で静かに一杯やろうよ」

そんな時間があるだろうか、とアリーズは考えた。そのためらいが顔に出たためか、アレクシは前かがみになり、彼女のこめかみに唇を当てた。

「別にたいしたことじゃないよ、アリーズ。どっちにしても、僕は君のそばにいる」

「それが一番心配なのよ」アリーズは真面目《まじめ》くさって答えた。すると、アレクシは皮肉めいた笑みを浮かべた。

「ああ、やっといつものアリーズらしくなったな」

アリーズはすぐさま切り返した。「私はいつだって同じよ」

アレクシのハスキーな笑い声に、アリーズはぽっと頬を染めた。そして、彼に導かれるまま、ラウンジに向かった。

何もかも順調だわ。数時間後、アリーズは丁重に客たちの間を回りながら考えた。オーディオ・システムから音楽が流れ、接客係のスタッフたちが、料理の載ったトレーを手にプロらしい身のこなしで客たちの間を縫っていく。シャンパンが次々に開けられ、アリーズは覚えきれないくらい多くの人たちに紹介された。美しく優雅に着飾った女たちは、最新のゴシップをささやき合い、男たちはあちこちに固まって、ビジネスの話をしている。

「ねえ、あなたも絶対にいらっしゃいよ」見事なブロンドの女性に声をかけられ、アリーズは女たちばかりの小さなグループに視線を戻した。「これは有益なチャリティなんだから。モデルたちも一流なら、衣装も最高なのよ」真っ赤に塗られた唇から、真っ白い歯がのぞき、熱心にほほえみかけてきた。「アナベルも行くし、クリッシーもケイトもマルタも行くのよ。ぜひご一緒しましょうよ」

「ご返事はどうやって連絡したらいいかしら？」アリーズが礼儀正しく尋ねると、相手はかすかに意味ありげな表情を浮かべた。

「大丈夫。アレクシが私の電話番号を知ってるわ」

アリーズはすぐにまた一人になったが、それも長くは続かなかった。

「助け船が欲しいんじゃなくて？」

レイチェルの顔を見て、アリーズはほっとしたようにほほえんだ。「どうしてわかったんです？」

「すべてうまくいってるわね。あなた、本当によくやってるわ」

レイチェルがそう言って称賛してくれたのでアリーズは少し気持が落ち着いたが、ほほえみはすぐに消えた。

「私はまるでさらし者ですわ。みんなさりげなく観察し、分析して、適当に分類して——まるで品評会みたいに。私、合格させてもらえるのかしら？」

「文句なしに合格よ」レイチェルは請け合った。アリーズは彼女に抱きつきたい気分になった。

「心強い味方だわ」アリーズは感謝をこめてため息

をついた。「この調子だと、私、いろんな委員会に入って、週に二回はテニスをして、エアロビクスをやり、生花の教室に参加し、昼食会のメンバーに加わらなきゃならないみたいですわ」彼女の瞳に、いたずらっぽい表情が浮かんだ。「残った時間も、美容室通いやショッピングでつぶれそう。それに、次の昼食会やディナー・パーティの企画までやらされそうなんですよ」

「そういう社交活動は好きじゃないの？」

「ええ、あまり」アリーズは上品に軽く肩をすくめた。「たまに昼食会をする程度なら楽しいんですけど。そういえば、名前はちょっと忘れましたが、きれいなブロンドの人から、火曜日にサンクチュアリー・コーヴで開かれるファッション・パレードに誘われましたわ。ご一緒しません？」

「いいわね」レイチェルは乗り気になった。「そうすれば、アレクサンドロスもゆっくりゴルフができるわ」

アリーズは広い室内に視線を走らせた。客たちは皆それぞれに楽しんでいる様子だった。当然でしょうね。アリーズは皮肉っぽく考えた。料理もワインも最高だし、周囲は着飾った人ばかりだもの。

「ここにいる人たちはだいたいご存じですの？」アリーズはおずおずと尋ねた。

「男性客の大半は仕事仲間ね。女性たちは、彼らの奥さんやガールフレンドよ」レイチェルはアリーズを気遣うようにほほえんだ。「あなたがさっき話していたきれいなブロンドの女性は、セリータ・ハバードよ――ご主人は有力な不動産投機家なの。セリータと話している黒髪の人がケイト、アレクシの親友の娘さんよ――アレクシやアレクサンドロスと話し込んでいる男性がいるでしょう、あれが彼女の父親、ポールよ」レイチェルはいったん言葉を切り、部屋の向こう側にいる人目を引く二人連れを示した。

「ドミニク・ローシャと妹のソランジュ。彼らはインテリア・デザインの会社を経営してるわ」

その二人は背が高く、服の着こなしも見事だった。ファッションモデルにだってなれそうだわ。アリーズは思ったが、別に羨望は覚えなかった。彼らは生身の人間という感じがせず、期待されている役を演じているだけの役者を思わせた。

「時間さえかければ、きっと全員の顔を覚えられますわ」アリーズは穏やかに言った。

「あなたのような人がいて、アレクシもジョージも本当に果報者だわ」レイチェルは優しく褒めた。

アリーズは弱々しく震える手でグラスを取り、シャンパンを飲んだ。なんとか緊張を和らげたかった。レイチェルが息子夫婦の円満を願っているのは、火を見るより明らかだ。

アレクシの態度も、そんな期待をわざと助長しているかのようだった。必要以上に長くアリーズを見つめ、何かというと彼女の腕や腰に手を回すのだ。両親の前で彼女に見ほれたふりをすることも一度や二度ではなかった。

「仕事仲間たちを同じ部屋に押し込めば、話題は必ず社交的な軽口からそれていくものさ」アリーズの背後から聞き慣れた声がした。

噂《うわさ》をすればだわ！　アリーズがゆっくりと振り返ると、アレクシはにっこり笑った。「あら、こんな所にいたの」

「これはそばを離れるなって警告だぞ」アレクサンドロスが愉快そうに宣言し、自分の妻に笑いかけた。

「そうだろう？」

「アリーズと私は、二人で楽しくやってたわ」レイチェルはそつなく受け流した。

「アレクシ、ダーリン！」少し訛《なまり》のある温かい声が飛び込んできた。「ずいぶん遅刻したわ。トニーがブリスベーンで足止めをくっちゃって。急いで飛んできたんだけど。ねえ、許すと言ってちょうだいな？」

　その大柄な女性の物腰は、堂々としているとしか形容しようがなかった。今にも豪快に笑い出しそうだ。濃い紫のパンツスーツにスカーフをなびかせ、宝石で飾り立てた格好は、ほかの者がしていれば滑《こっ》稽《けい》に見えただろう。

「シヴァーン！」アレクシは心からの笑顔で、彼女の抱擁を受け入れた。「やあ、トニー。妻のアリーズを紹介するよ」

　アリーズはたちまち、二人の視線の的になった。片方の視線には女性らしい抜け目のなさが感じられたが、意地悪な雰囲気はまったくなかった。

「すてきな人じゃない、ダーリン」シヴァーンは穏やかに言った。アリーズはなんとも言えない気分になった。何かの検査の対象になり、勝手に合格の判を押されたような感じだった。「あなたもそう思うでしょ？」

　アレクシは愉快そうに瞳を輝かせた。「まったくね」

「シヴァーン、失礼じゃないか」彼女の夫があきらめきった口調で忠告した。「このお嬢さんは、きっと内心震え上がっているぞ」

　温かいまなざしがアリーズに向けられた。「そうなの？」シヴァーンは尋ねた。

「ライオンの洞穴に入った子羊の心境ですわ」アリーズは苦笑しながら認めた。

　シヴァーンはおおらかに笑った。「ここに来ている女性の何人かは、雌ライオンみたいな気分だわよ。なにしろ、あなたのご主人は魅力的だもの」

「なかには、彼の魅力に引かれている人もいるでしょうね」アリーズが小悪魔的にほほえむと、シヴァーンはにんまり笑い返した。

「彼はセクシーな野獣よ。女はいちころだわ」アリーズはただほほえんでいた。すると、シヴァーンは優しく言った。「まあかわいい――あなたって恥ずかしがり屋なのね！」

「そこがまた魅力なんですよ」アレクシはあいづちを打ち、アリーズの手を取って指を絡めた。アリーズは手を振りほどこうとしたが、アレクシはかえって指の力を強めた。「そのうち、みんなで食事をしましょう。じゃあ、失礼して、僕たちはほかのお客さんたちに挨拶《あいさつ》してきますよ。ゆっくり楽しんでいってください」アレクシは愛想よく言った。

抵抗することもできず、アリーズはアレクシに手を引かれるまま、一つのグループから次のグループへと移動していった。五分だけ立ち止まることもあれば、十分ぐらい話し込むこともあった。二人がジョージのためにあわてて結婚したせいか、客たちは皆、興味津々の様子だった。ずっと笑顔を保っていたため、室内を一巡したころには、アリーズは顔の筋肉がすっかりこわばっていた。多くの好奇の目にさらされ、神経もくたくただった。

「何か飲む？」アレクシが尋ねた。

飲んでも大丈夫だろうか？　でも、酔っ払うわけにはいかないわ。今夜はほとんど何も食べていないから……。「コーヒーを飲みたいわ」

アレクシの眉が問いかけるようにつり上がった。「シャンパンのオレンジジュース割りは？」彼はひたとアリーズを見つめた。何か探るような目をしている。アリーズの脈がわずかに速くなった。

「コーヒーがいいの」アリーズは努めてさりげなく答えた。アレクシは低くかすれた声で笑った。

「頭をはっきりさせるため？」アレクシはちらりと白い歯をのぞかせた。

「そうよ」アリーズは素直に認めた。

「ここで待ってて。今、持ってくるよ」

「私も一緒に行きたいわ」

アレクシはアリーズの青ざめた顔をじっと観察した。「ここにいる連中は、だれも君の髪の毛一本だって傷つけたりしないよ」彼は皮肉っぽい調子でそれとなく言った。

「気に障ったのなら謝るわ」辛辣《しんらつ》な言い方をするつもりはなかったが、やはりとげとげしい口調になってしまった。アリーズは彼に弱みを見せた自分にどうしようもなく腹が立った。

アレクシは何も言わず、ウェイトレスがコーヒーと紅茶を出しているテーブルに彼女を連れていった。そしてアリーズの手にカップを持たせ、彼女が救われた思いで熱いコーヒーをすするのを、じっと見守った。

「飲み終わったら、ダンスをしよう」

ぼんやり周囲を眺めていたアリーズは、彼に視線を戻した。「今夜のあなたは、完璧《かんぺき》な夫役を見事に演じてきたわ。チークダンスはその総仕上げってわけね？」

アレクシの瞳は暗く底知れなかった。「僕が踊りたがっているとは思わないのか？」

アリーズは不意に心もとない気分に襲われ、痛烈に言い返した。「茶番劇の片棒を担ぐのはお断りだわ！」

「これが茶番劇だと本気で思っているのか？」

これは綱渡りのようなゲームだ。アリーズとしては、そんなゲームはしたくないが、大勢の客の前では、おとなしく従うしかなかった。

アレクシは空になったカップを彼女の手から取り上げ、そばのテーブルに置いた。テラスに連れ出されたアリーズは快活な作り笑いを浮かべ、彼の腕に体を預けた。

ところどころに配置された照明が、広々とした庭をぼんやりと照らし出していた。外気は新鮮でさわやかだった。

「あなたには友達が大勢いるのね」沈黙を恐れて、アリーズは言った。

「仕事仲間とたまにつき合いのある知人たちだ」アレクシはいやみっぽく訂正した。

アリーズはちょっとあごを突き出して言った。

「ニヒルだこと！」

「そう思う？」

「思うわ」この人、面白がっているんだわ。憎たらしい人！

「気をつけて、子猫ちゃん」アレクシは穏やかに警告し、必死に距離を保とうとするアリーズを楽々と引き寄せた。「とがった爪がのぞいているぞ」

「もしそうだとしたら、あなたの態度が気に入らないせいだわ」

「妻と踊っていることが？」

「まったく――いいかげんにしてよ！　私の言う意味はよくわかっているくせに」

「このパーティは重要な人たちに君を会わせるために開いたんだ。僕たちの結婚の理由は、彼らには関係ないことだろう」

「関係あると思っていそうな女性が何人も来てるじゃないの！」

「向こうがどう思おうと、僕の知ったことじゃないね」アレクシはあくまで冷静だった。あまりに超然としたその態度に、アリーズは気分が悪くなった。

「放して。私、ジョージの様子を見てくるわ」

「メラニーがやってくれてるよ」アレクシは彼女を放そうとしない。「もうちょっとしたら、客たちのところへ戻ろう」

「あなたなんか大嫌い！」

「まあ、それも元気さの証《あかし》ではあるな」

元気どころか！　アリーズの神経はぼろぼろで、怒りだけが煮えたぎっていた。

ダンスが終わったあとも、アリーズは期待されるホステス役を魅力と威厳をもってこなした。努力賞が欲しいくらいだわ。そう思いながら、彼女は夫と肩を並べ、最後に残った客たちを送り出した。

最後の車のテールランプが視界から消え、アレクシが玄関のドアを閉めたとたん、アリーズは作り笑いをやめた。

「メラニーに金を払って、インターフォンのモニターのスイッチを入れてもらおう」アレクシは言った。「ぐっすり眠っているジョージを、わざわざ起こして階下《した》に移すのはかわいそうだからね」

アレクシの言うとおりだとわかっていても、アリーズは反撃せずにいられなかった。彼女は口を開きかけたが、アレクシに人差し指を当てられ、また閉じるはめになった。

「文句はなしだ」

アリーズはつんと顔を背けた。「私はしたいようにするわ!」

アレクシの表情にはけだるいユーモアが漂っていた。「ベッドにお行き」

アリーズは怒りを爆発させた。「そして、あなたが来るのをおとなしく待てって言うの?」

アレクシは返事もせずに二階へ向かった。アリーズは悔しそうに彼の姿を目で追う。

おとなしく寝室になんか行くものですか! とはいえ、午前二時過ぎに、どこに行き場があるというのだろう。

それでもやはり、いやなものはいやだった。アリーズはすてばちな気分でラウンジを横切り、半地下に向かった。

ケータリング会社の仕事ぶりは有能の一語に尽きるものだった。いくつかのグラスを除けば、パーティが開かれた形跡はどこにも残っていない。

これでカーペットに掃除機をかければ、すべて元どおりだわ。そう判断したアリーズは、夜中を過ぎているにもかかわらず、掃除機を持ち出してスイッチを入れた。

もう少しで終わるという時になって、掃除機のモーターが急にストップした。振り向くと、一メートルほど離れたところにアレクシが立っていた。その手には、引き抜いたコードが握られている。

「別に今する必要はないだろう？」アレクシの声はうわべだけは穏やかだったが、アリーズはだまされなかった。

「あとちょっとで終わるのよ」

「朝にしろよ、アリーズ」

「今、やってしまいたいの」まるで自滅の道を突き進んでいるようなものだった。それがわかっていながら、アリーズには止めることができないのだ。

「つまらぬ強情を張るなんてばかげてると思わないか？」アレクシは掃除機の自動コード巻き戻しボタンを押した。アリーズは彼を憎々しげににらみつけた。

「強情って点では、あなたも同じじゃない？」アリーズは即座に言い返した。

アレクシはエレガントな金の腕時計にちらりと目をやった。「午前二時半か。議論には向かない時間だね」

「そして私は、また従順な妻の役をやらせられるわけね！」

「じゃあ、その言葉を実証してもらおうか？」険しい目つきとは裏腹に穏やかな声だ。

アリーズは憤然と立ちはだかった。「指図されるのはごめんだわ。人をないがしろにしないでよ」上がりかかった彼女の手が、だらりと落ちた。「あれをしろ、これをしろって、まるで子供扱いだわ。私は子供じゃないのよ」

「そうかな？」アレクシは彼女の火照った頬を指でなでた。「たいていの女性なら、僕の財産を大歓迎し、贅沢《ぜいたく》な暮らしを手に入れようと画策するだろうね」

「私がベッドの中で熱演したがらないから、子供だって非難してるの?」

「なんて刺激的な言葉だろう!」

「私はあなたが嫌いなの、わかって? 大嫌いなのよ」アリーズは吐き捨てるようにこう言ったが、腕を取られアレクシの肩に担がれて悲鳴をあげた。

「何をするつもり?」

アレクシは向きを変え、階段に向かった。「わかってるだろう」

「下ろしてよ、下ろしてったら!」こんな格好で運ばれるのは、あまりにも屈辱的だ。アリーズはこぶしで彼の背中をめちゃくちゃにたたいた。「けだもの!」だが、アレクシはかまわずに一階に上がり、ラウンジを横切った。「野蛮人!」

寝室に入ると、アレクシは彼女を下ろした。アリーズは怒りにかすんだ目で彼をにらんだ。

「僕たちが意思を通わせ合う手段は、これしかなさそうだな」

「勝手に言ってちょうだい!」アリーズはむこうみずにわめいた。

アレクシのまなざしが、彼女をくぎづけにした。その表情は暗く、威圧的だ。「君に抱いてほしいと懇願させたくなった」

「できるものなら、やってみれば?」

「ばかだな」アレクシは危険なほど滑らかな口調でとがめた。「僕の癇癪《かんしゃく》が怖くないのか?」

「どうするって言うの。私を殴るの?」

「そうすべきかもしれないな。君をしつけるために」

「そういうあなたのしつけはどうなってるの」アリーズは叫んだ。「私に結婚を押しつけ、無理やりあなたのベッドに……」彼女の言葉がとぎれた。これほど人を憎いと思ったことはなかった。

「君はアントニアとジョージへの愛情のために、ささいなことに目をつぶったんだ」

「ささいなことですって！」反論しようとしたアリーズの口を、アレクシの唇がふさいだ。

「君は自分で演技しているほど僕を嫌ってないよ」

アレクシが顔を上げて言った。

「あなたへの感情に関しては、演技なんかいっさいしてないわ！」

アレクシは親指と人差し指で彼女のあごを挟み、上を向かせた。アリーズはしかたなく彼に目を向けた。

「だったら、君が肉体的な欲望にすぎないと言い張っているものを楽しんでいることで、自分に腹が立たないのか自問してみるべきだな」

私が自分の体の裏切りにどれだけつらい思いをしているのか、この人にわかっているのかしら？　今だって、彼の腕に飛び込みたい気持と彼から離れたい気持が闘っているのに。

「私は楽しんでなんかいないわ！」たとえ自分自身にさえ、それを認めることはできなかった。

「そうかな？」

アレクシは指で彼女のあごから首へとなぞった。

アリーズはあわてて身を引いた。

「なんてかわいい口なんだろう」アレクシは身をかがめ、彼女の唇に自分の唇を近づけた。「それにとてもキスしやすい」

アリーズは息が詰まった。「やめて」青い瞳には怒りと動揺が表れている。「お願いだから」

「どうして？」

「アレクシ、やめて！」

アレクシの片手がアリーズのうなじをとらえる。もう片方の手が背中に当てられ、彼女を引き寄せた。彼は軽くキスを続けた。からかうような、わざとじらすようなキスは、一種の拷問に近かった。

彼のキスが激しさを増すと、アリーズは弱々しいため息をついた。官能的な攻撃の下で、体の芯《しん》に火がつき、すべての神経が活気づいて、アリーズは彼のキスに応《こた》え始めた。

もはや衣服は邪魔でしかなかった。アレクシが自分の服を脱ぎ、彼女のドレスを脱がせ始めたが、アリーズはされるがままになっていた。

アレクシの唇に鎖骨をくすぐられ、アリーズは体を弓形にそらした。彼の唇は胸へと移った。その官能的な動きに、アリーズは声をあげ、全身を突き抜ける快感の波にのみ込まれた。

いつのまにか、アリーズは滑らかなシーツに横たえられていた。アレクシの手と唇による愛撫《あいぶ》が彼女の血をわき立たせ、ついにアリーズは自分のほうから求めていた。小さなかすれ声は、アリーズの耳にも入ったが、それが自分の声とはとうてい思えなかった。

知らず知らずのうちに、アリーズは彼の髪をまさぐり、彼の関心を引こうとしていた。彼の唇を自分の唇に感じたかった。彼の動きにつれて小刻みな快感の波に流され、アリーズはついに頂点に昇り詰めた。

それからしばらくの間、アリーズはばら色のかすみに包まれたような気分だった。ようやく我に帰った彼女は、自分の汗ばんだ体をアレクシの指がなぞっているのに気づいた。

とても動けるような状態ではなかった。アリーズはくすりと小さく笑った。

「何がそんなにおかしいんだい？」

アリーズがのろのろと振り返ると、いまだに情熱をくすぶらせている瞳が間近に輝いていた。「もうやめたほうがよさそうよ。じきにおなかをすかせて目を覚ます赤ん坊が二階にいるんだから」

アレクシはにっこり笑い、彼女の乱れた髪をなでつけた。「僕がミルクをやるよ。それから、またベッドに戻ってくる」

アリーズは精いっぱい、非難がましい声を装おうとしたが、うまくいかなかった。「欲張りね！」

アレクシは彼女の肩にキスし、首筋に唇を這《は》わせた。「君だってそうさ」

自分の反応を思い出して急に恥ずかしくなって、アリーズはぽっと頬を赤らめた。

「ベッドの中で我を忘れても恥ずかしがることはないんだよ」

「演技していただけかもよ」アリーズはおぼつかなげに反論した。

「嘘《うそ》つきだね。君の反応は完全に本心からのものだったよ」

「あなたが熟練しているからよ」いやみを言うつもりはなかったが、どうしてもとげのある言い方になってしまった。アレクシの探りを入れるような視線に、彼女は目を伏せた。

「自分だけじゃなく君も喜ばせられる程度には経験を積んでいるよ」

「だから、感謝しろというわけ？」

「そんな言い方をされると、違いを実証してみたくなるぞ」

少しぞくっとして、アリーズは身震いした。「私、シャワーを浴びてくるわ」

アリーズは、彼に引き止められるのを半ば期待していた。彼が引き止めないとわかると、なんとなく悔しい気分になった。彼女はたっぷりと時間をかけてシャワーを浴び、身繕いにさらに時間をかけた。

寝室に戻ったアリーズは、そっとベッドに滑り込んだが、アレクシはすでに眠っていた。

アリーズは長いこと、彼の寝顔を眺めていた。たとえ眠っていても、彼の力強さに変わりはなかった。

リラックスした口もとにも意志の強さがうかがえる。アリーズはその唇に自分の唇を押しつけたい衝動に駆られた。

頭がどうかしたんじゃないの？　もう一人の彼女が嘲《あざけ》った。

アリーズは震える手でベッドサイドの明かりを消し、まくらに頭を載せた。疲れきり、やがて深い眠りに落ちていった。

9

翌日曜日は、冬とはいえ穏やかな晴天の一日となった。さわやかな微風が吹き、青く澄んだ海もまどろむように凪《な》いでいた。

「こんな天気のいい日は船遊びに限るな」キッチンに入っていったアリーズにアレクシが話しかけた。彼女はジョージを風呂に入れ、ミルクを飲ませたところだった。

アリーズはシリアルと牛乳を深皿に入れ、テーブルに着いた。

「レイチェルとアレクサンドロスにとって、いい息抜きになると思うわ」アリーズが慎重にあいづちを打つと、アレクシの目つきが鋭くなった。

「もちろん、君も行くんだ」

アリーズは努めて視線をそらさないようにした。アレクシはすでに朝食を終え、コーヒーを飲んでいるところだった。

「いきなりメラニーを呼び出すのはどうかと思うわ。今日は日曜だし、昨日、ジョージの面倒を見てもらったばかりだもの」アリーズは彼のかすかに曇った瞳を冷静に見つめ返した。「それに、ジョージをやたらにベビーシッターに預けるのはよくないわ。親の楽しみのために環境を変えられたら、子供は落ち着かないでしょう」

アレクシは皮肉っぽく眉をつり上げた。「アリーズ、君の言うとおりだよ。でも、ジョージはまだほんの赤ん坊で、つねに清潔にしてやり、必要な時にミルクを飲ませることが肝心なんだ。メラニーに預けることが、あの子の心を傷つけるとは思えないね。どうせ、五時前には戻ってくるつもりだし」

アリーズの目が険しくなった。「あなた、いつもそんなに頑固なの？」

「両親は君を気に入っている。あの二人を喜ばせるためなら、僕にできることはなんでもしてあげたいんだ」

「だったら、言わせていただきますけど」アリーズは語気荒く言い返した。「お二人の望みは、できるだけ長く孫と一緒にいることじゃないかしら、社交や船遊びじゃなくて」

アレクシはしばらく無言のままだったが、やがて穏やかに言った。

「この一年間に、親父《おやじ》たちはつらい目に遭った。ジョージは重傷を負い、助かる見込みがなかった。彼の容体が落ち着くとすぐに、レイチェルとアレクサンドロスは自宅を病院のように改造し、息子のために優秀な医療スタッフを雇った。二人は自分たちの生活をすべて犠牲にして、交替で彼の看病をした」

んだよ」彼はいったん言葉を切った。そして、語調を強めて先を続けた。「今、彼らは休養を必要とし、もう一度人生を楽しみ始めている。そのために社交や船遊びが必要なら、それはそれでいい。僕の言いたいことがわかったかい？」

アリーズは深皿を脇《わき》へどけた。食欲がうせていた。

「よくわかったわ」

「朝食を食べなさい」

「食欲がなくなったのよ」

「僕が消えれば、食欲も戻ってくるだろう」アレクシは冷淡に言い、立ち上がった。「書斎で電話をかけてくる」

それから二時間後、彼らは運河に面した桟橋に止めてあったクルーザーに乗り込んだ。

アリーズは白いコットンパンツに黄色のセーターを着ていた。レイチェルも似たような格好だった。男たちはジーンズにラフなセーターを着ていた。

「まるで天国ね！」レイチェルがうれしそうに義理の息子を振り返った。

レイチェルにほほえみ返すアレクシの温かい表情に、アリーズはあやうく声をあげそうになった。

「昼食はサンクチュアリー・コーヴで食べよう。そのあとは、アリーズと二人で、ブティック巡りでもしておいでよ。アレクサンドロスと僕は、ビールでも飲みながら日向《ひなた》ぼっこしているから」

「あんまり甘やかすなよ」アレクサンドロスが冗談めかして息子をたしなめると、レイチェルはくすくす笑った。

「女は男に甘やかされるのが大好きなのよ、ねえ、アリーズ？」

なんと答えていいかわからず、アリーズはにっこりと笑った。「まったくですわ」

アレクシは父親にからかうような視線を向けた。

「この調子だと、相当の出費を覚悟しといたほうがいいよさそうですね」

すばらしいシーフード料理を堪能《たんのう》したあと、レイチェルとアリーズは、高級ブティックを何軒か回り、リゾート・スタイルの服を買い込んだ。アリーズは手持ちの派手なビニールバッグに合う輸入物の靴を見つけ、これも買うことにした。

二人がヨットクラブのラウンジに戻ると、アレクシは愉快そうに言った。「僕の予想どおりだっただろう？」

「アリーズがとてもすてきな服を買ったのよ」レイチェルは勢い込んで報告しながら、差し出された夫の手を握った。アレクサンドロスから手に優しくキスされ、レイチェルの笑顔が和む。二人が通い合わせる愛情の深さに、アリーズはいつになく気持が動揺した。「私が買うように勧めたの。火曜日のファッション・パレードに着たらいいと思って」

クルーザーは再び湾を横切り、五時前にソヴェリン諸島に着いた。メラニーを帰してから、アリーズはジョージの様子を見に行った。そろそろミルクが欲しいらしく、ジョージは少しぐずっていた。

「私にやらせて」彼の泣き声を聞いて、レイチェルが申し出た。「あなた、シャワーを浴びて、着替えたいでしょう」

「すみません」アリーズはありがたく申し出を受けた。「すぐすませますから」

着替えをすませたアリーズが戻ってきた時には、アレクシとアレクサンドロスもキッチンに来ていた。ジョージはレイチェルのひざに座り、うれしそうに小さなこぶしを振り回して、みんなの顔を眺めている。

「見たかね？」アレクサンドロスの顔が誇らしげに輝いた。「こいつはたくましい子だ。この足、この手！　きっとでかくなるぞ」彼は息子に笑いかけた。「妹たちをかばい、弟たちのいい手本になる。そうだろう？」

アリーズは顔がこわばりそうになって、必死に笑みを浮かべた。ジョージに弟や妹ができる可能性はないのだと叫べたらいいのに。だが、息子夫婦に新たな子供の誕生を期待するアレクサンドロスを責めることはできない。

アレクシはどう思っているのだろう？　この結婚でベッドをともにする女性と子供の母親を得て、満足しているのかしら？　それとも、じきに飽きが来て、外で性的な満足を求めるようになるのかしら？

感情的なかかわりは避けなくては。二年待てば、私は自分の将来を立て直すことができるのだから。私自身とジョージの将来を。

彼らはステーキとサラダという間に合わせのメニューで夕食をすませ、それからラウンジでコーヒーを飲んだ。

九時になると、レイチェルとアレクサンドロスは、早く寝たいからと言って帰っていった。アリーズ自身も、潮風と温かな冬の日ざしを一日浴びたせいか、妙に体がだるかった。

玄関を閉め、セキュリティ・システムをセットしているアレクシに、アリーズは言った。「私、キッチンを片づけてくるわ」

「一緒にやるよ」

アリーズはすでに歩き出していた。「一人でできるわ」なぜか彼の存在が煩わしく、一人になりたかった。

残っているのは、カップと受け皿が数組と男たちが使った酒のグラスだけだった。アレクシの存在を気にしながら、アリーズは手早く水ですすぎ、食器洗い機に入れた。

「これで完了よ」アリーズはそう言って、彼の脇を通り抜けようとした。

「君用の銀行口座を開いたんだ。詳しい書類は居間の書き物机に入っている。僕の口座の予備カードも一緒に入れておいた」

アリーズは急に不快になり、気持を落ち着けようと深く息を吸った。「私は自分のお金を使うほうがいいわ」

アレクシはじっと彼女の顔を見つめ、警戒気味に結んだ口もとや誇らしげに上げたあご、強情そうな青い瞳に目を留めた。「どうしてそう意地を張るんだい？　妻を助けるのは夫の権利だろう？」

「家事とジョージの世話に関してはね」アリーズは認めた。「でも、自分の服は自分で買うわ」

「僕がどうしてもと言ったら？」

「好きなだけ言うといいわ。結婚しているからって、おとなしく言うことを聞くと思わないでね」

アレクシの目つきが鋭くなり、口もとに苦笑が浮かんだ。「徹底したフェミニストってわけか？」

アリーズはかっとなった。「宝石やドレスを買ってもらうのだけが楽しみな着せ替え人形が欲しいのなら、私との結婚は間違いだったわね！」

「そうでもないと思うよ」アレクシはもったいぶった口調で言った。

「あなた、こんな面白くない結婚ごっこが楽しいの？」アリーズの問いかけに、アレクシは低く笑った。

アレクシは彼女の髪に手を差し入れ、軽く髪の毛を引っ張って、彼女を上に向かせた。

「僕は君を楽しんでるんだ。あくまで僕に逆らおうとするその強情さをね」

アリーズは彼の目をにらんだが、唇がかすかに震えていた。アレクシの瞳の奥で小さな火が燃えているような気がした。

「気をつけて。君に勝ち目はないかもしれないよ」

彼をたたいてやりたい。だが、彼の頑とした表情が、それを思いとどまらせた。「私が情を移すなんて思わないでよ。たかが……」

「君を興奮させたぐらいで?」

「まあ!」怒りにあえぐアリーズを、アレクシは自分のほうに引き寄せた。アリーズは必死に抵抗したが、彼は容赦なく唇を重ねてきた。彼の唇は温かく、ゆっくりとじらすようだ。その露骨な誘惑に、アリーズは悲鳴をあげたくなった。このまま目を閉じて、彼の愛撫《あいぶ》に身を任せられたら、どんなに楽か。意思とは裏腹に、アリーズの体から力が抜け、理性が快感の波に溺《おぼ》れていった。そんな自分の感情に対する怒りがわいてきて、彼女は強引にアレクシの唇から逃れた。

「放してよ。放してったら」アリーズは彼の腕の中で身をこわばらせた。

アレクシはなんなく彼女を抱き寄せた。その表情からは何もうかがえなかった。長い沈黙のあと、アレクシは口を開いた。

「もうお休み。僕は明日の会議に備えて、企画書に目を通さなきゃならないんだ」

アリーズは一言も言わずに背を向け、彼から歩み去った。一歩進むごとに息遣いが荒くなり、寝室に着いたころには、一キロも走ったような気分だった。

彼女の意地が、隣の居間で眠るようにと要求していたが、最後のところで理性が勝った。

居間で寝ても無駄なのだ。アリーズは大儀そうに大きなベッドに横たわった。どうせアレクシに連れ戻されるに決まっている。今夜は疲れきっていて、けんかする気力もなかった。

一時間たっても、アリーズはまだ眠れないでいた。心が千々に乱れ、眠るどころではなかった。それからだいぶたって、アレクシが部屋に入ってくるかすかな気配がした。アリーズは眠ったふりをしながら、薄目を開けて彼を見ていた。アレクシが服を脱ぎ、ベッドに潜り込んでくると、アリーズは無意識のうちに息をひそめた。数分後、アレクシは一定のリズムでゆっくりと寝息をたて始めた。

眠ってしまうなんて! アリーズは自分でも理解できない怒りに駆られた。彼女の体はアレクシの愛撫を求めてうずいていた。アリーズは、そんな自分を呪《のろ》った。

アリーズは好奇心をむき出しにして高く張られた大テントを見回した。優雅に着飾った百人を超す女性たちが、その場に集まっていた。彼女たちの目的は、カメラマンの目を引いて、社交欄に載せてもらうことにあるようだ。

アリーズは鮮やかなピーコック・グリーンのスーツに黒いアクセサリーを着けていた。レイチェルのほうは、クリーム色のスーツに金のアクセサリーというでたちだ。

シャンパンが抜かれ、正装をした若い男たちが、そのグラスを配り歩いている。

「あの人たち、この催しのために雇われたスタッフなんですか?」アリーズは小声でレイチェルに尋ねた。

「もちろんよ。社交界の名士たちにあこがれている連中だわ」

「あわよくば、取り入ろうって魂胆かしら?」

レイチェルは彼女にいたずらっぽくほほえみかけた。「振り向いちゃだめよ。あそこにあなたに見とれている青年がいるわ」

アリーズは軽く肩をすくめ、シャンパンをすすった。「ギリシアのことをおききしたいわ。あちらでの生活は、気に入ってらっしゃるの?」

レイチェルの表情が和らいだ。「私たち、世界中にいくつか家を持ってるわ。どこもなかなかすてきだけど、一番好きなのは、ギリシアの小島の入江にある家だわね。まるでおとぎの世界よ――車は一台もなくて、船かヘリコプターでないと上陸できないんだけど、とにかく平和で静かなの。アレクサンドロスとアレクシがジョージョウにボートの操縦を教えたのも、あそこだったわ」

アリーズはレイチェルの寂しさを感じ、彼女の手にそっと触れた。

「大丈夫。年をとると、今がとても大切だって気づくのよ。思い出は色褪《あ》せたりしないわ。私にはたくさんの楽しい思い出があるもの。幸せだと思ってるわ。いい息子が二人もいたし。もっとも、ジョージョウは軽率なところがあって、車やモーターボートを飛ばすのが大好きだったけど。いつか彼が運転を誤るんじゃないかと思って、私、ずっと不安だったのよ」

何か言わなくては、とアリーズは思った。「アレクシのほうは？」

「彼はもっと真面目《まじめ》だったわ。年も性格も違っていたけど、彼とジョージョウはとても仲よしでね。あの事故のあと、彼は何回もアテネにやってきて、オーストラリアにいる時も、二日に一度は電話をくれたわ」

「アリーズ！　レイチェルを連れてきてくれたのね。うれしいわ」ハスキーな女性の声に、アリーズは振り返った。鮮やかな白のアンサンブルを着たセリータ・ハバードが立っていた。

「こんにちは、セリータ」アリーズは礼儀正しく答えた。

「一緒にお昼を食べようと思って、手配しておいたのよ。もしパレードの間に離れ離れになったら、あとで大テントの前で落ち合いましょう」セリータは人なつっこくほほえんだ。「急がなくちゃ、委員の一人が配る予定だったチケットに手違いがあってね。彼女は私が持ってると思っていて、私は向こうが持ってると思い込んでいたの。だから、私のリストを責任者に見せなきゃならないの。パーティに来てた人も何人かいるわ。ソランジュは遅れるかもしれないって言ってたけど。ね、ご一緒しましょうよ」

パレードは華やかで、アリーズがこれまでに参加した中でも最高だった。モデルたちは皆、トップクラスのプロばかり。衣装も見事で、ほとんどはサンクチュアリー・コーヴのブティックで手に入るものだった。

「特に気に入ったのはあって？」アリーズが目を輝かせているのを見て、レイチェルは尋ね、くすくす笑った。

「昼食のあとで、チェックしたカタログを持ってブティック巡りをしません？」アリーズは提案した。

「大賛成だわ」レイチェルは同意した。「昼食といえば、そろそろ大テントの前に行ったほうがよさそうね」

昼食会場に選ばれたレストランは、半ば海にせり出した格好で建てられていて、渚《なぎさ》の家々やマリーナに係留された豪華な船の数々が一望できた。

ソランジュはアリーズの向かいの席に座り、その横にセリータ、マルタ、クリッシー、ケイト、アナベルが並んでいる。アリーズは尋問委員会に出頭させられたような気になった。

ここでも、パレードの前にシャンパンを配っていた正装の若い男たちが給仕を務めていた。なかの一人が、なにくれとなくアリーズに心配りを示した。

「ダーリン、あなた、獲物を引き当てたみたいよ」ソランジュが無邪気に言った。「彼に電話番号を渡すつもり？」

アリーズはためらいなく答えた。「幼い赤ん坊がいるんですもの、男の子の相手をする暇なんてないわ」彼女はにっこり笑ってみせた。「それに、アレクシがなんと言うか」

ソランジュはなおも言った。「軽い焼きもちは結婚生活のカンフル剤じゃない？」

アリーズは壁にピンで留められた蝶《ちょう》のような気がしてきた。何人もの目が、彼女がもがき苦しむのを見ようと待っているのだ。「そうかしら？」アリーズは少しかすれた声で笑った。「アレクシにぶたれそうだわ」

セリータは愉快そうにほほえんだが、ソランジュはまばたきもせずにアリーズを見つめた。「ドミニクが土曜の晩にパーティを開こうって言ってるの。詳しいことはアレクシに電話するわ」彼女はレイチェルに視線を移した。「もちろん、あなたもいらしてね」

「明日、シドニーの妹のところへ発《た》つのよ。申しわけないけど、出席できないわ」レイチェルが丁重に断ると、ソランジュはぞんざいに肩をすくめた。

アリーズとレイチェルがようやくその場を抜け出した時は、すでに二時を回っていた。それから一時間半後、二人は買い物の包みを車の後部座席に乗せて、ソヴェリン諸島に向かった。

明日、シドニーに発つレイチェルとアレクサンドロスのために、アリーズはささやかな内輪の晩餐《ばんさん》会を開いた。彼らが帰る時間になると、アリーズはなんとも言えない寂しさを感じた。レイチェルと別れるのがつらい。

「一週間なんてあっと言う間よ」レイチェルはアリーズを愛情こめて抱き締めた。「それに、しょっちゅうあなたに電話をかけるわ。孫の様子をきくためにね」

「ほっとくと、日に三度も電話しそうだな」アレクサンドロスは愉快そうに言いながら、車の後部座席に乗り込んだ。

ＢＭＷの姿が視界から消えると、アリーズは中に戻った。家の中がやたらに広く、妙に静まり返っているように思え、急に心もとない気分になる。

ジョージはぐっすりと眠っていた。アリーズは急いでシャワーを浴び、ベッドに潜り込んだ。とりとめのない考えが次々と浮かんでは消え、なかなか寝つかれなかった。

アレクシの戻った音を聞きつけ、目を閉じて、眠ったふりをした。胸の奥がうずくように痛む。彼の腕の安らぎを求められたら、どんなにすばらしいだろう。ただ、その腕に抱かれているだけでいい。優しくキスされ、彼の手でなだめるようになでてもらえば、自分は大事にされているという確信が持てるのに。

しかし、それはあくまで空想でしかなかった。アリーズがいくら待っていても、アレクシはベッドには入ってこなかった。おそらく彼は、書斎にこもって仕事をしているのだ。翌朝、アリーズが目を覚ました時には、アレクシはすでに起きて、着替えをすませていた。

続く数日間を、アリーズは静かに家で過ごした。たまっていた手紙を書き、パースのミリアム・スタンフォードに電話を入れた。子供服のブティックは順調に運営されていた。まるで、私なんかいなくてもいいみたいだわ。アリーズはいじけた気分になった。

午後は夕食の支度に時間をかけた。どんなメニューにするかを検討し、じっくり手間をかけて料理した。アレクシは決まって五時前に戻ってきた。彼は急いでシャワーを浴び、ジョージのおむつとミルクの世話をすると言い張った。

「小さい時から男親の存在に接することが大切なんだよ」レイチェルとアレクサンドロスがシドニーに発った翌日、アレクシはそう言った。「それに、ウィークデーに僕が彼と過ごせるのは、この時間だけだからね」

おかげで、アリーズはゆっくりテーブルの支度をし、料理の総点検をすることができた。アレクシの腕に抱かれた小さな赤ん坊を見ているだけで、アリーズはつらい気持になった。アレクシはジョージにとって必要不可欠な存在なのだ。大きくなったジョージとキャッチボールをし、泳ぎを教えるアレクシの姿が目に浮かぶ。ジョージをパースに連れ帰ることは、私にとっては正しいことだけれど、ジョージにとっても正しいことだと言えるだろうか？ そう考えると、アリーズの胸は不安で張り裂けそうになった。

夕食時の話題は、二人のその日の出来事に限られていた。デザートを食べ終わると、アレクシはいつも書斎にこもり、アリーズがベッドに入っても、なかなか戻ってこなかった。

もしかすると、アレクシはわざとそんな態度をとっているのかもしれない。腹を立てたアリーズは、ひそかに復讐《ふくしゅう》の計画を練り始めた。

ソランジュとドミニク・ローシャのパーティは、その絶好のチャンスのように思えた。金曜日の朝、アリーズはメラニーに電話して、ジョージの子守に来てもらい、パーティ用のドレスを買いに出かけた。

とにかくアレクシをあっと言わせなくては。一軒の高級ブティックで、アリーズはねらいどおりのものを見つけた。黒いスパンコールつきのひざ丈のドレスで、肩ひもがなく、体の線にぴったりフィットしている。これで、長いシルクのスカーフを首にかけ、後ろになびかせれば完璧《かんぺき》だ。値段は驚くほど高かったが、アリーズはかまわずそれを買った。それからハイヒールを買い、この新しいイメージに合う香水を選んだ。

翌土曜日、時間がたつにつれて、アリーズはそわそわと落ち着かなくなった。ジョージにミルクを飲ませ、ベビーベッドに寝かしつけると、手早くシャワーを浴び、化粧品を並べて、鏡の前に陣取った。

思っているような効果をあげるには、かなりの時間がかかったが、なんとか満足のいく仕上がりになった。髪もいったんはいつものように肩に垂らしたが、一瞬ためらったのち、アリーズはそれを頭の上で一つにまとめた。

これでいいかしら？　おかしくないかしら？

「うんざりだわ」今夜のパーティが急に怖くなり、アリーズはぶつぶつ言った。

ソランジュは、アリーズとうまが合いそうなタイプではなかった。知り合ってから日が浅いとはいえ、彼女がアレクシをねらっていることにいやでも気づかないではいられなかった。

アレクシが悪いのよ。そう決めつけながら、アリーズは大きな鏡張りの衣装戸棚の所へ行き、扉を開けた。だが、公平に見れば、男らしい容姿もその性的な魅力も、アレクシのせいではない。それは両方とも彼の持って生まれた資質なのだから。なかには、そういう資質を意図的に用いる男もいるかもしれないけれど、アレクシがそうでないことは、アリーズも認めざるをえなかった。

例のドレスをハンガーから取り出したとたん、アリーズはちょっと顔をしかめた。びっくりさせるために選んだドレスだが、急にためらいを感じ出した。自分がそれを買った理由を思い出すと、アリーズはますますしぶい顔になった。あの時は、最高の復讐の手段に思えたのだが、今はそう思えなくなっている。アリーズがドレスをハンガーに戻そうとしたその時、アレクシが更衣室に入ってきた。

「メラニーは何時に来る予定なんだい？」

「七時よ」アリーズは少しだけ首をひねって、彼のほうを見た。アレクシは腰に巻いていたタオルを取り、黒っぽい下着を履いて、真っ白なシャツに手を伸ばした。

彼の体はたくましく、力にあふれていた。アリーズは高まってくる性的な快感を抑えることができなかった。

そんな自分に腹を立て、アリーズはドレスのファスナーを下ろし、足を通して引き上げた。彼女の指が機械的にファスナーを閉め、腰の辺りのしわを伸ばした。こうして着てみると、ブティックで試着した時よりも、はるかに胸もとが開いているように思えた。

「その服を選んだのは、パーティに来る男どもを悩殺するためかい、それとも僕一人を悩殺しようと思って？」アレクシが背後から話しかけてきた。アリーズはゆっくりと彼を振り返った。

「なんで私があなたを悩殺しようとするわけ？」アリーズは甘えた声で尋ねた。

「効果はばっちりだが、僕がパーティの間ずっと君のそばに張りついて、男どもを追い払っているわけにもいかないんでね」アレクシの皮肉に、アリーズは瞳を輝かせた。

「へえ？　あなた、私に着替えろって言うの？」

アレクシの表情がちょっと陰った。「そうだ」

「もし私がいやだって言ったら？」

「アリーズ、君が自分で脱がないのなら、僕が脱がせるまでだ」アレクシの声は険しく、決然としたものだった。アリーズは反抗的にあごを突き出した。

「あなたは女性差別主義の傲慢《ごうまん》な人よ。よくそんなことができるわね？」

「ああ、できるとも」アレクシは平然と答えた。その固い決意を前にして、アリーズの背中に戦慄《せんりつ》が走った。

「これは最新のファッションで、すごく高かったのよ。第一、自分の着る服まであなたに指図されたくないわ」

アレクシは彼女のあごを親指と人差し指で挟んだ。

「単なる意地で反抗するのはやめろ」

「そんなことしてないわ！」

「自分に勝ち目がないってことが、まだわかってないのか」アレクシは猫なで声で警告した。

「どうしても脱げって言うのね！」

アレクシはしばらく無言のままだった。アリーズはきっと彼の目を見返した。

「自分の体を見せびらかす女は、言い寄ってくれと宣伝しているようなものだ。そのドレスは僕と二人きりの時に着ろ。そうすれば、僕もそれなりに対応するさ」

「いいかげんにしてよ！　そんなこと信じないわ！」

「信じろ」アレクシの口調はきつかった。「さあ、着替えるんだ」

「いやよ」

「まだ意地を張るのか、アリーズ？　自分でもばかげていると思わないか？」

「女の服をはぎ取るのが楽しいのなら、やればいいわ」

アレクシは真剣なまなざしになり、アリーズは不意に悪い予感がした。彼はものも言わずにアリーズの肩を引き寄せた。挑戦的にあごを上げた彼女に、アレクシは唇を重ねた。

アレクシは強引に彼女の唇に分け入り、容赦なく責め立てた。アリーズは体をそらし、絶望のうめきをもらした。

キスが終わった時には、アリーズのあごと首はずきずきと痛んでいた。彼女の瞳が怒りと涙できらめいた。

「着替えろ、アリーズ」アレクシは命令した。「いやなら、僕が着替えさせる」

アリーズは憎々しげに彼をにらんだ。「もし私が拒んだら、またひどい罰を加えるのね」

「気をつけろよ。僕の癇癪《かんしやく》は今、我慢の限界まで

「ただの脅しだと思っているのか？」アレクシのものったいぶった口調に、アリーズは寒気がした。

「だったら、なんだって言うの？」

「ドレスを脱ぐんだ、アリーズ。さもないと、どうなっても知らないぞ」

凍りついたように、手足が動かない。アリーズはただ立ちすくんでいた。アレクシは小声で悪態をついた。

アレクシの指がドレスのファスナーを引き下ろし、アリーズは悲鳴をあげた。次の瞬間、ドレスは彼女の足もとに落ちた。アリーズは反射的に自分の胸を手で隠した。彼がズボンを脱ぎ始めた瞬間、あわてて逃げようとしたが、もはや手遅れだった。アレクシは強引にアリーズの体を抱き寄せた。そして彼女を抱き上げ飢えたように柔らかな胸に何度も歯を立てた。

アリーズはこぶしを固めて、彼の肩をたたき続けた。


来ているんだ」

「だから、どうあっても従えというわけ？　まるで野蛮人だわ！」

アレクシの眉が嘲《あざけ》るようにつり上がった。「これまでは、君を優しく扱ってきたつもりだ」

アリーズはあきれて笑い出した。「まさか、冗談でしょう！」

「自分だけじゃなく、相手にも快感を与えようとする男の愛撫がわからないのは、子供だけだ」アレクシの表情がますます険しさを増した。「そうやって反抗し続けているといい。僕がその違いを教えてやる」

アリーズは茫然《ぼうぜん》として彼を見つめた。アレクシの決意のほどが恐ろしいほど伝わってくる。この闘いを続けるのはどうかしているとわかっていたが、頑固な意地が、彼女に降伏を許さなかった。

「脅かすのはやめてよ」アリーズは警告した。

た。だが、アレクシはアリーズのヒップに手を当てて彼女を持ち上げ激しく愛撫した。

アリーズは彼の野蛮さをなじりたかったが、怒りの中にも快感がわき起こった。アリーズはアレクシを憎むのと同じくらい自分を憎んだ。

やがて、アレクシの手から力みが消え、彼はアリーズの喉に唇を押しつけた。アリーズが、これで解放されると思ったのもつかのま、彼はゆるやかに腰を動かし、まるで償いでもするかのように彼女に快感を与え始めた。次第に不安が薄れ、アリーズは彼と一緒に快感を昇り詰めた。アリーズは臆面《おくめん》もなくアレクシにしがみつき、頂点に達した。

そのあと、アリーズはシャワーを浴び、鮮やかなエメラルド・グリーンのドレスに着替えた。それはひだ飾りのついた、露出度の少ないものだった。

目と唇にアクセントを置いた控えめな化粧をすませると、アリーズはジョージの様子を見に行った。

メラニーはすでに数分前に到着し、ラウンジに腰を落ち着けていた。アリーズは彼女に挨拶《あいさつ》し、アレクシに腕を取られてガレージに向かった。

「ソランジュに電話して、遅くなるから先に食事してくれと言っておいたよ」アレクシはBMWを発進させてから告げた。「クラブのレストランに予約を入れた。食事はそこですまそう」

アリーズは深く息を吸ってから、ゆっくりと吐き出した。「あまり食べたくないわ」

「何か食べるんだ、せめてスープだけでも」アレクシは平然と言い渡した。

別に彼に強制されたためではなかったが、アリーズは込み合ったレストランで彼と向かい合わせに座り、スープを飲んだ。メインの料理は断って、くるまえびのソテーを食べ、ジャマイカ産のコーヒーを口にした。

ソランジュとドミニク・ローシャのペントハウス

があるアパートメントに着いた時は、十時近くになっていた。専用のエレベーターで最上階に向かう間、アリーズはほとんど口をきかなかった。

10

「アレクシ！」ソランジュが甘ったるい声を出し、なれなれしくアレクシに抱きついた。それから、一歩あとずさり、いかにも恩着せがましい態度で彼の隣に視線を移した。「いらっしゃい、アリーズ」

ソランジュはアレクシの腕を取って引き寄せた。

「こんばんは、ソランジュ」アリーズは礼儀正しく答えた。「お目にかかれてうれしいわ」

嘘《うそ》つき。もう一人のアリーズが胸の内でなじった。あでやかで意地の悪いソランジュ・ローシャの言葉による攻撃に身構えながらも、気持が落ち着かない。要は〝チャーミング〟にふるまうことだ。老獪《ろうかい》なソランジュの攻撃を、純真な無邪気さで受け流さなくてはならない。

「みんな、勢ぞろいしてるわよ」ソランジュはハスキーな声で言った。「あなたが食事に間に合わなくて、がっかりしちゃったわ」

「ちょっと手間取ったんだ」アレクシが思わせぶりな言い方をした。ソランジュに不審そうな目を向けられ、アリーズはにっこりとほほえんでみせた。

「タイミングの悪いことにね」アリーズが甘い声でつけ加えると、アレクシは彼女の手を取り、唇を押しつけた。一本一本の指にキスされ、アリーズはいたたまれない気分になった。

アレクシの瞳に官能的な光が宿ったが、それはすぐに消えた。彼はアリーズの指に自分の指を絡ませた。

全身の血が騒ぎ、アリーズの体の芯《しん》がうずいた。彼女の体には、いまだにアレクシの強引な征服の余韻が残っていた。

アリーズの思いを知っているのか、アレクシは親指で彼女の手首をなでた。アリーズの脈が速くなる。もし彼のすさまじい怒りようをこれほど鮮明に覚えていなければ、アリーズはこのしぐさを無言の謝罪と取ったかもしれない。

「まあ、それなりの事情があったんでしょうね」ソランジュは探るような目つきになり、二人をラウンジに案内した。「飲み物を持ってくるわ。ちょっと相談したいことがあるのよ」ソランジュは快活に笑い、それから、いかにもなげやりにアリーズに説明した。「ビジネスの話なの」そう言うなり、彼女は背を向けて、アリーズを話から締め出した。「ホームズの家の件なんだけど、アンシアが主張しているピンクの色合いが変なの。あなた、なんとか説得してよ。あんな色、論外だわ」

アリーズは少し横に移動し、苦笑いをするアレクシを眺めた。

「プロの君でも説得できないのなら、あきらめるしかないんじゃないか。あれはアンシアの家なんだし、彼女が金を払うんだから」

「でも、私の評判はどうなるの？」

「だったら、この仕事から下りるんだな」

ソランジュの瞳が強い光を放ち、彼女は仏頂面になった。「にわか成金にも困ったものだわ、ダーリン」ぞんざいに肩をすくめる。「趣味が悪いったらありゃしない」

「あなたが過去に手がけた家を、実例として見せてあげたらいかが？」アリーズがつい口を挟むと、ソランジュは彼女のほうに視線を移した。「雑誌や写真ばかりでは、かえって混乱しそうですもの」

ソランジュは思いがけない提案に身構えた。「それじゃあ、前のクライアントのプライバシーを侵害しかねないわ」彼女は、素人はこれだからと言いたげに一蹴《いっしゅう》した。

「もし私が自分の家の装飾に心から満足していたら、喜んで協力すると思うわ」アリーズは穏やかに言いきった。

その時、ドミニクが挨拶《あいさつ》にやってきた。彼のほほえみには、人を小ばかにするようなところがある。

「やあ、ここにいたのか」ドミニクは妹にいぶかるような視線を向けてから、アレクシに挨拶し、それから、うっとりとアリーズを眺めた。「相変わらずすてきだね。何か飲み物でも？」

「ミネラルウォーターをお願いします」アリーズは正直に希望を述べた。アレクシはウィスキーのソーダ割りを頼んだ。

アリーズに渡されたグラスはよく冷えていて、縁に砂糖がまぶしてある。彼女は中身をすすった。ライムジュースとレモンが入っていて、とてもおいしい。

「アレクシ」低いささやき声が耳に入り、アリーズはちょっと振り向いた。そのハスキーな声の持ち主は、アリーズの知らない女性だった。その黒髪の女性はわざと言葉を切り、すねたように唇をとがらせた。「ベビーシッターが時間どおりに来なかったの？」

アリーズは少し体をずらし、婉然《えんぜん》とほほえんでみせた。「アレクシが悪いんですわ。私の選んだ服が気に入らないと言って……」言葉を濁し、おおげさに肩をすくめてから、傍らのアレクシに茶目っぽく笑いかけた。「まあ、あれやこれやとね」

黒髪の女性は、深紅に塗られた唇をほんの少し開けたが、またきつく結び直した。

「正直なんだなあ、君って」ドミニクの瞳が抜け目なさそうに光った。「きっと夕食を抜くだけの価値があることだったんだね？」

「ほんとにドミニクったら」ソランジュは辛辣《しんらつ》な口調でからかった。「どうしてそうあけすけなの？」

「私の夫は……」アリーズはいったん言葉を切り、思わせぶりにほほえんだ。「とても説得力があるんですのよ」

言ってやった！ あとは勝手に想像すればいいわ。アリーズは下品な会話につくづく嫌気がさしていた。どれもこれも露骨で、彼女を動揺させようという下心が見え見えなのだから。アレクシの洗練された知人たちに一目置かれるためには、少しでも臆病《おくびょう》なところを見せてはいけない。それだけを支えに、アリーズは平然とした態度を保っていた。

アレクシはわずかに目を細めたが、今のアリーズにはそれを気にするゆとりはなかった。

「私はドミニクに相手をしてもらっているから、ソランジュとあなたはアンシアと話し合っていらしたら？」

アリーズが甘えた口調で言うと、ソランジュは勝ち誇った笑みを浮かべた。

「アンシアにはあとで話すよ」アレクシは穏やかに言った。だが、警告をこめてアリーズの手を握った力は、穏やかさとはほど遠いものだった。「みんなのところへ行こうか？　僕たちだけでホストたちを独占するわけにはいかないからね」

ソランジュの表情は、アレクシだけに独占されていたいと言いたげだったが、アリーズはなすすべもなく、アレクシに手を引かれて客たちの中に入っていった。

ペントハウスには、ソランジュとドミニクのインテリア装飾の力量がいかんなく発揮されていた。見事に生けられた花からスタッフたちの服装に至るまで、すべてに神経が行き届いている。流れる音楽さえも、会話の邪魔をすることのないよう意図して選択されたものだった。

「ちょっと軽率じゃないか？」アレクシは部屋の端で立ち止まり、うわべだけは穏やかにアリーズに問いかけた。彼女は所在なげにグラスを揺すった。

「また連想ゲームなの、アレクシ？」

「自分の妻が名うてのプレイボーイに向かって、挑発的な発言をするのは愉快じゃないね」

「ドミニクのこと？」アリーズは目を見張り、まっすぐに見つめ返した。「本当なの？　この部屋にいる女性のほとんどが、あなたのことを追いかけ回しているのに？」

「おおげさに言っているんだろう？」

「いいえ」アリーズは短く答えた。アレクシに頬をなでられ、足から力が抜けそうになる。

「気になるのかい？」

そうよ。アリーズは叫びたかった。気になって気になって、頭がおかしくなりそうだわ。でも、それを認めてしまえば、彼を優位に立たせてしまう。アリーズはアレクシの目を見て、冷静にきき返した。

「どうして私が？」

アレクシの瞳に小さな炎が現れ、すぐに消えた。

「パーティなんて、いつ抜け出してもいいんだ」

アリーズはあっけに取られた。「今着いたばかりじゃないの」

「ここにいたいかい？」

なんて複雑な質問なのだろう！　どう答えても、ろくな結果になりそうもない。こんな所にいたくはないが、かといって、家に帰る心の準備もできていない。

「アレクシ！　よかった。ここにいたのね」

窮地を逃れたアリーズは、ほっとして小柄なブロンドの女性のほうに視線を移した。アレクシが紹介した。

「こちらはアンシア・ホームズ、アンシア、妻のアリーズだよ」

「お会いできてうれしいわ」アンシアは愛嬌《あいきょう》たっぷりに挨拶してから、アレクシに向き直った。「私、お手上げの状態なのよ！」彼女のつぶらなはしばみ色の瞳が、不安に曇った。「家はすばらしい出来だわ。でも、いつ入居できるか見当もつかないの」

「ソランジュから、色の問題で行き違いがあったって聞いたよ。どうしたんだい？」

「ピンクの色合いが問題なのよ」アンシアは勢い込んで話し始めた。「上品なサーモンピンクを基調にして、クリーム色とアプリコット系の色を使うっていうのが、私のもともとの意見なの。なのにソランジュは、シェルピンクにマッシュルーム色とアメジスト色を使うって言うのよ」彼女はアリーズのほうに振り返った。「あなた、どう思って？」

困ったわ。どうして私まで引っ張り込むの。アリーズは心の中でうめいた。「ソランジュの縄張りを侵害するつもりはないんですけど」彼女は一応前置きをした。「でも、選択は個人の自由じゃありません？」アンシアが私に意見を求めたと知ったら、ソランジュは侮辱された気がするに違いない。ソランジュとはうまが合いそうにないけれど、だからといって、敵に回したくはなかった。

「あなたの言うとおりだと思うわ」

「だれの言うとおりですって、ダーリン？」

アリーズはあやうくうめき声をあげそうになった。だが、アンシアはソランジュに立ち聞きされたと知っても、少しもうろたえた様子ではない。

「家を見に来てって、アリーズを誘っていたのよ」

ソランジュはアンシアに鋭い視線を投げた。鳩《はと》の群れに猫が入り込んだようなものだ。「まあね、あなたが私の意見より無知な部外者の意見を尊重するつもりなら……」ソランジュは思わせぶりに語尾を濁した。

「アリーズが僕の仕事に興味を持つのは当然だよ」

アレクシがさりげなく割って入った。「それに、僕が自分のクライアントの希望を大切にすることも、理解してくれているんだ」彼はソランジュに無言の警告を送り、アンシアのほうに向きを変えた。「明日、うちの塗装業者に電話させるよ。彼と三人で家を見てみよう」

アンシアは見るからにほっとした表情になった。

「ありがとう」彼女はアリーズの手に触れた。「入居したらすぐに、引っ越しパーティの招待状を送るわ。二人でいらしてね？」

「喜んでうかがうよ」アレクシがにっこり笑うと、アンシアはうっとりした顔つきになった。

アンシアがその場を離れるやいなや、ソランジュがからかった。「またファンを増やしたわね、ダーリン？」

「アンシアはいい人だよ」アレクシは冷ややかに言った。「それに、僕の大事なクライアントでもある」

君のクライアントである必要はないがね——アレクシは口に出してそう言ったわけではなかったが、アリーズはその間接的な脅しをはっきりと感じた。ソランジュもそれを感じ取ったらしく、さっと顔色を変えた。

「私が悪いって言うの、アレクシ？」ソランジュは挑発的に尋ねた。「かわいいアンシアは、希望どおり、サーモンピンクとクリーム色とアプリコットを使えばいいのよ。だったらなぜ、そんなあきれたアイデアを思いついた時に、インテリア・デザイナーに相談なんかしたのかしらね」念入りにマニキュアされた手が、ひらひらと宙にはためいた。「にわか成金はやたら意見を求めたがるくせに、その意見をちっとも尊重しないのよ」

「それは少しは自分の個性を出したいからだと思いますわ」アリーズが言った。

「そうね、ダーリン」ソランジュはかすかに身震いした。「あなたがアレクシの家に変な個性を押しつけないことを祈るわ。あそこは今のままで完璧《かんぺき》なんだから」

「えらい褒めようだね」気取った声が割り込んだ。「君が手がけたわけでもないのにさ」

「ドミニク。また立ち聞き？」

アリーズは抗議する暇もなくグラスを取り上げられ、ドミニクに腕をつかまれた。

「窓からの景色を見せてあげるよ」ドミニクは言い張った。「なかなかすごいんだぜ」

確かに景色はすばらしかった。海に向かって弓形にせり出した海岸線に、いくつも高層ビルが立ち並び、その無数の明かりが星のようにきらめいている。さわやかなインディゴブルーの空と、月影を映した海が水平線のかなたで溶け合っていた。

「きれいだわ」アリーズはそっとつぶやいた。

「君だってそうだよ」

アリーズはじっとたたずんだままだった。「そういうお世辞は、このロマンチックな情景の分を割り引いて聞かないと」彼女が軽くいなすと、ドミニクは忍び笑いをもらした。

「がっかりしちゃったな」ドミニクは面白がって言った。「君は無邪気な天使だと思っていたのに」

「無邪気なのは子供だけだわ」

「おまけに皮肉屋ときてる」ドミニクはからかった。「君の頼りなげな雰囲気はとても魅惑的だ。澄んだ瞳と美しい笑顔を持った子供のような謎《なぞ》の女。アレクシには君の真価がわかっているのかな?」

ひとりでに笑みがこぼれ、アリーズは軽やかな声で心からおかしそうに笑った。

「ノー・コメント?」

「そういうことにしていただける?」アリーズは切り返したが、ドミニクに手を握られて、目を丸くした。

「古くさい価値観かい?」

「人のプライバシーを尊重するのは、礼儀の基本だと思うわ」

アリーズが真面目《まじめ》に言い返すと、ドミニクの瞳からいつもの軽薄そうな表情が消え、温かみのある光が現れた。

「アレクシより先に君に出会っていたらね」

たとえそうであっても、私がドミニクの軽薄な魅力に引かれたとは思えないわ。アレクシには人間としての厚みと力強さがあるけれど、この人にあるのは、自分一人が大切だという浅はかな打算だけだもの。

アリーズは後ろを振り返り、無意識のうちに見慣れた黒髪を捜した。すると、アレクシの鋭い視線にぶつかり、彼女は目を見張った。アレクシは、アリーズも会ったことはあるがあまりよく知らない男たちと会話を交わしていた。彼はまるでアリーズが心の中で比較したことを知っているかのように、片方の眉を動かしてみせた。

一瞬アリーズは、アレクシと自分を残して、すべてのものが消えうせたような気がした。奇妙なことだが、彼と二人きりになりたかった。彼の腕に抱かれ、信じられないほどの優しさで愛され、歓喜の叫びをあげたかった。

アリーズは目を丸くした。一瞬、涙がこぼれそうになったが、弱々しくほほえみ、ドミニクのほうに向き直った。どうでもいいようなことを話しかけながらも、アリーズは今、自分がどこにいるのかさえわからなくなっていた。

ドミニクが何か返事をしたが、アリーズにはそれも耳に入らなかった。なんとか意識を集中して頭をはっきりさせなければと思う。

いったい私はどうしてしまったのかしら？

「ドミニク……よかったら妻を返してもらえないかい？」

アレクシの低い声が聞こえたと思ったとたん、彼の腕がアリーズの腰に巻きついた。アリーズは彼の存在を意識して体が総毛立つのがわかった。

「大丈夫。彼女に危険はないからね」

ドミニクと一緒なら危険はない。でも、アレクシとなると話は別だわ！

「帰ろうか？」アレクシがアリーズの顔をのぞき込んだ。彼女は肩をすくめた。

「あなたがそう言うなら」

「まだ宵の口じゃないか！」ドミニクの抗議に、アレクシはよどみなく答えた。

「早めに帰るって言ってきたんだ」

「ベビーシッターに電話すればいいだろう？」

「そういうわけにはいかないよ」

帰りの車で、アリーズは一言も口をきかなかった。スピーカーからの音楽だけが流れている。ＢＭＷが暗い道路を疾走する間、彼女はただシートにもたれていた。

家に帰り着くと、待っていたメラニーが、ジョージはぐっすり眠っていたと報告した。アリーズが赤ん坊の様子を見ている間に、アレクシはメラニーを見送って、戸締まりをすませた。

靴を脱ぎ捨てたアリーズは、浴室に入り、化粧を落としにかかった。鏡に映った顔には血の気がなく、目ばかりが大きく見えた。唇には小さな傷が残っている。アリーズは無意識に舌の先で下唇をなぞって、傷の具合を確かめ、それから髪にブラシをかけ始めた。

その時、アレクシが浴室に入ってきた。彼にブラシを取り上げられ、アリーズの手がかすかに震えた。抗議すべきだとわかってはいても、言葉が出てこない。アリーズは彼に髪をすかれながら、じっと立ち尽くしていた。まるでとらえどころのない官能の渦に巻き込まれたようだった。

まぶたを閉じたいという誘惑は、逆らいがたいものだった。ブラシの動きが止まり、アリーズははっと目を開けた。二人の視線が鏡の中で絡み合う。

アレクシの手がファスナーの上を動く。ドレスはあっさりと床に落ちた。ホックを外されたサテンとレースのブラジャーが、その上に重なった。

アリーズの背筋をなぞっていた手が腰に当てられ、そのまま滑るように胸を包み込んだ。アレクシの息をうなじに感じ、アリーズは誘うように頭を前に垂れた。アレクシの唇は感じやすい部分を探し当て、じわじわとそこを責め立てた。体の芯から小さな快感の波が伝わってきて、アリーズは思わず体を震わせた。

アレクシは自分の愛撫《あいぶ》がもたらす反応をアリーズに見せたがっているようだった。彼の指が柔らかな胸を這《は》い回る。アリーズはわずかに身をそらし、彼に体を預けた。鏡の中に、数時間前にアレクシの歯がつけた跡が映っている。つらい記憶がよみがえり、アリーズの瞳が曇った。

アレクシはアリーズの肩を抱いて、自分のほうを向かせた。彼は自分がつけた傷痕《しょうこん》の一つ一つを優しく唇で愛撫し、それからアリーズの震える唇にキスした。

彼の愛撫はあらゆる感情が一体となったもののようで、アリーズは叫びたくなった。アレクシが彼女のひざに手を入れて抱き上げると、アリーズは彼のうなじに顔をうずめた。

ベッドに横たえられたアリーズはまぶたを閉じた。アレクシはたっぷり時間をかけて、彼女を絶頂に導いた。アリーズはあられもなく彼にしがみつき、甘い恍惚《こうこつ》の世界に身を漂わせた。

一週間前のアリーズは、パースに逃げ帰ることばかり考えていた。昨日でさえ、そうだった。それが今は、アレクシから離れることを考えると決意がぐらついた。これほど絶望的な気持になったのは生まれて初めてだった。

このままとどまれば、すべては丸く収まるだろうが、彼の考える結婚生活に愛情が含まれているかどうかは疑わしい。アリーズが彼に期待できるものは、夫婦としての思いやりとジョージの存在に支えられた絆《きずな》だけなのだ。だが、彼女はそれでは満足できなかった。

アリーズはじっと横たわったまま、暗い天井を見つめていた。さまざまな思いが万華鏡のように彼女の脳裏をよぎっては消えた。

このままじゃいけないわ、このままじゃ。アリーズは隣に眠るアレクシを起こさないように、そっとベッドから抜け出した。

どうして離れられるだろう？　といって、ここにとどまるわけにもいかない。アリーズは居間に入り、ジョージのベビーベッドの前で足を止めた。なんてかわいい子。この子は私のすべてだわ。アリーズは込み上げる涙を抑えることができなかった。

カーテンを通して差し込む月明かりが、銀色の光と影を織りなし、長い影がすべてのものを大きく見せていた。プールを囲む手すりの影も、気味の悪い模様を描いている。そして、プールそのものは、暗く底知れない深淵《しんえん》のように見えた。

まるで私の心みたい。ああ神様、幸せを望むのは欲張りすぎというものでしょうか？　幸せになりたいと思う私がばかなのでしょうか？

どのくらいの時間、そこにたたずんでいただろうか。アリーズはふと、背後にアレクシの気配を感じた。

「こんな所で何をしているんだ？」アレクシの声は低くかすれていた。アリーズはたまらなくなって、身震いした。

アレクシはアリーズの両肩に手を置いた。その手は腕を滑り下り、肘の下まで来ると、彼女の腰に絡まり、彼女を自分のほうへ引き寄せた。

「風邪をひくよ」アレクシは優しくたしなめ、アリーズのうなじに顔をうずめた。

寒いわ。血管に氷が詰まっているみたい。私はこの寒さを抱えて、一生を生きていくんだわ。

「ベッドに戻ろう」

いや！　アリーズは胸の中で苦しげに叫んだ。そんなことをすれば、私は破滅だわ。あの場所で何度闘いを挑み、何度敗れたことか。込み上げる涙で、アリーズの目はちくちくと痛み出した。視界がかすみ、涙があふれそうになって、アリーズはあわててまつげを伏せた。

「アリーズ？」

アレクシはそっと彼女を振り返らせた。力強い指が彼女のあごをとらえ、上を向かせる。

そのとたん、アリーズの目から涙があふれて、ゆっくりと頬を伝った。

アレクシに気づかれないはずはない。せめて、彼が何もきかなければいいのだけど。

アリーズは毅然《きぜん》としてあごを上げ、アレクシに視線を向けた。だが、何度まばたきしても涙で曇った目では彼の顔がはっきり見えなかった。

私は罠《わな》にはまったんだわ。アリーズはわびしく考えた。強靭《きょうじん》な鋼でできた滑らかな蜘蛛《くも》の巣に捕らえられてしまったのよ。

「泣いてるのか?」

面白がっているような声ではなかった。その奥に秘められた感情を分析するだけの勇気は、今のアリーズにはなかった。

アレクシは指で彼女の涙をぬぐった。「なぜ?」

夢を見失ったから。愛を、希望を見失ったからだわ。

「アリーズ?」

アレクシの声はベルベットのように柔らかだった。

頬に温かい息を感じ、アリーズはまつげを伏せた。アレクシは彼女のこめかみに、そしてまぶたに唇を触れ、最後に彼女の唇にキスした。

それは最も危険な誘惑だった。アレクシの腕に抱かれ、寝室に運ばれながら、アリーズはあやうく屈伏しそうになった。彼女を思いとどまらせた唯一の力はむなしさだった。愛情のないセックスではもはや満足できない。これ以上、自分を偽ることはできなかった。

アレクシは優しく彼女を立たせた。

「何を悩んでいるのか話してくれないか?」

どこから話せばいいのだろう? 彼を愛してしまったことから? アリーズが彼の魅力の虜《とりこ》になった女たちの仲間入りをしたと知ったら、アレクシはきっと嘲《あざけ》るだろう。そう思うと、アリーズの体はかすかに震えた。

「無理に問いただしたくはないんだ」アレクシの声

には、とらえどころのない何かが含まれていた。飾り気のないその響きに、アリーズははっと目を上げた。

アレクシの顔にはさまざまな感情が交錯していた。アリーズは高鳴る動悸《どうき》を静めようと息を整えた。

「お願いだよ」アレクシはアリーズの顔を両手で挟んだ。

アリーズの胸の奥で希望が頭をもたげた。だが、彼女はそれを信じるのが怖かった。「とても話せそうにないわ」

アレクシは蝶《ちょう》の羽のように軽く彼女にキスした。

「いいから、話してごらん」

どうして話せるだろう？　何を言ったところで、言葉は冷たく打算的に響くはずだ。しかも、いったん口にした言葉は、取り消すことはできない。説明だけで納得してもらえなかった場合は、どうすればいいのだろうか？

「あなたはジョージの父親にふさわしい人だわ」アリーズはようやく口を開いた。自分に話を続ける勇気があるかどうかはわからなかったが、アレクシの瞳が苦悩で曇っていることだけは確かだった。

重苦しい沈黙のあと、アレクシは危険なほど滑らかな口調で尋ねた。「君は自分がジョージの母親にふさわしくないと思っているのかい？」

アリーズは話し始めたことを後悔したが、今となっては、先を続ける以外にない。「私はあの子を愛しているわ。それを疑う気？」

「あの子に対する君の愛情は、この際、問題じゃない」

アリーズは息を詰め、それから荒々しく吐き出した。顔は真っ青で、足もともおぼつかない。今にも倒れそうな気がした。アレクシに感情を見透かされているのではないかと思うと、生きた心地がしなかった。彼のそばから逃げたかった、たとえいっときでも。

「お願い……私を自由にして」アリーズは懇願した。

「いやだ」

アレクシの頑固な拒否を前にして、アリーズはたまらなく怖くなった。

「私が結婚した理由を聞けば、あなたも考え直すわ。私があなたと結婚したのは、離婚してジョージの法的な親権を得るためだったのよ」アリーズは震える声で話し始めた。アレクシの口もとが引き締まるのが見えた。彼女は必死で話を続けた。「最初から復《ふく》讐《しゅう》しようと計画していたの」

ふさわしい言葉が見つからない。それでも始めたからには、途中でやめるわけにはいかなかった。

「二年間。それだけ待てば、ジョージをパースに連れて帰れると考えていたのよ」

アレクシの沈黙は、アリーズの気持をなえさせるものだった。いつ果てるともしれない長い間、アリーズは待ち続けた。彼に何か言ってほしかった――なんでもいいから言ってほしかった。

「それで今は？」

「なんて言えばいいの？」アリーズは苦しげに尋ねた。

「話してごらん……正直に」

アリーズの心の中は、すでに涙であふれていた。

「そうすれば、あなたも復讐できるというわけ、アレクシ？」

「それが君の考えか？」

「どうして、そう何もかもきき返さなくちゃならないの？」アリーズはすがるように訴えた。もはや気力も何も残っていなかった。

「すべてを知りたいからだ」

もうじき、私の心の中が暴かれてしまう、あと少しで。愛は唐突に生まれるものではなく、少しずつ育《はぐく》まれるものだと思われている。たった数週間で、これが愛情だとわかるものだろうか？

「言えないわ」アリーズは力なく拒否した。

アレクシがいつまでも黙っているので、アリーズは不安になった。やがて、彼は決然とした口調で言った。

「レイチェルとアレクサンドロスがこっちに戻り次第、僕たちはアテネに行く」

アリーズの唇から驚きのあえぎがもれた。アレクシはその唇に指を押しつけ、抗議の言葉を封じ込めた。

「当分ジョージと一緒にいられるんだから、両親も喜んで留守番してくれるはずだ」

「あなた、いつも一時の思いつきで物事を決めてしまうの？」反論することもできずに、アリーズは弱々しく尋ねた。

「行きたくないって言うのか？」

アリーズは一瞬、答えあぐねた。「いいえ」これで自分の運命が決まってしまうのだとわかっていながら、彼女はついにこうささやいた。

11

それからの数日間は、まるで夢のような日々だった。暮らしに優しさが生まれ、ひめやかな期待感は触れ合う手や情熱的な夜によって、さらにふくらんでいった。

彼らはいくつかの招待を受けた。しかし、出かけていった先でも、アレクシはほとんどアリーズから目を離さず、居合わせた者たちが公然と二人のことを噂《うわさ》し合い、興味津々の目を向けるほどだった。

家でのアリーズは、料理を工夫することに喜びを見いだした。二人はキャンドルライトの中でワインを飲み、ありとあらゆることを話題にして、長いのんびりとした会話を楽しんだ。

レイチェルとアレクサンドロスがシドニーから戻った二日後、アリーズとアレクシは、ジョージを彼らに預けてアテネに飛んだ。歴史のあるその街で二日間を過ごしたあとは、ヘリコプターをチャーターして、半透明のエメラルド色の海に浮かぶ宝石のような小島に向かった。

島にはぶどうの木やオレンジの林、オリーブの木立があり、山羊《やぎ》が数匹と犬が一匹いた。いずれも管理をしている老夫婦がかわいがって育てているものだった。彼らはアレクシたちを出迎えてから、待機していたヘリコプターに乗り込んだ。別の島に住む親戚《しんせき》を訪ねるということだった。

アレクシはアリーズを、小高い丘の上に建つコンクリートと漆喰《しっくい》でできた古い家に案内した。「すてきだわ」アリーズはため息をついた。

家は中庭を囲むようにして建てられていた。どの部屋も広々として風通しがよく、アンティークの家具がたくさんある。磨き込まれた床には、豪華なペルシア絨毯《じゅうたん》が敷かれ、ラウンジには柔らかなクッションつきのソファがいくつも置いてあった。

「子供のころ、休暇はたいていここで過ごしていたんだ」

「オーストラリアに移住したあとも、ここに来たことがあるの？」広いラウンジを気ままに歩き回りながら、アリーズは尋ねた。家具の上には額に入った家族の写真が何枚も飾られている。アリーズは立ち止まって、一つ一つそれを眺めた。

「何回かね」

アリーズはアレクシを振り返り、意志の強そうな顔や引き締まった体に目をやった。何人もの女性が彼の人生にかかわってきたのだと思うと、アリーズの瞳が陰った。

「レイチェルやアレクサンドロスやジョージジョウと一緒にね」アレクシは穏やかにつけ足した。「この島はいつも家族の憩いの場所だったんだ」

心の痛みを隠すかのように、アリーズはにっこりとほほえんだ。「ここはとても暖かいのね。夕食前に一泳ぎしない？」

短い沈黙のあと、アレクシはアリーズに歩み寄って、彼女の手を握り締めた。「もちろんさ」

水はクリスタルのように透明で、ひんやりとして肌に心地よかった。アリーズは小さな入江を横断する競争をしようと言い出した。結果はアリーズの勝ちだったが、アレクシは豪快に笑っただけだった。彼がわざと負けたのだと気づき、アリーズは水をすくって、彼の胸に投げかけた。そして、彼の腕の中に引き寄せられ、悲鳴をあげた。

アリーズはふざけてわざともがいたが、すぐに抵抗をやめた。おずおずとした表情には、真剣さが表れていた。

言いたいことが山のようにあった。聞きたい言葉もたくさんあった。だが、アリーズはなぜか切り出すのが怖かった。

アリーズを抱くアレクシの体にもわずかな緊張が感じられた。アリーズは無言でまばたきもせずにじっと彼を見つめた。

アレクシの愛撫《あいぶ》が思い出された。彼の優しさが、情熱が……。アリーズは闘うことに疲れていた。頑固なプライドには、もはやなんの意味も見いだせなかった。

「お願いよ。私を助けて」アリーズはかすれた声でささやいた。

アレクシは彼女の唇に手をやり、ふっくらとした下唇を指でなぞった。「最初から話してごらん」

アリーズの唇が小刻みに震えた。彼女はためらっていた。自分で告白を始めておきながら、先を続ける自信がなかった。もしアレクシが、彼女の告白を面白がるだけだったら、どうすればいいのか。彼が同じ率直さで応《こた》えてくれなかったら、とても耐えられない。

「あなたは私の嫌いな男性の典型だったわ」アリーズは落ち着いた口調で語り出し、目でアレクシに理解を訴えた。「威圧的で傲慢《ごうまん》で自信たっぷりで。私、あなたなんか嫌いだって自分に言い聞かせたわ。最初は本当に嫌いだと思ったの。それから、あなたに抱かれて興奮してしまう自分を憎み始めたわ」アリーズは深く息を吸い、ふうっと吐き出した。「あんなふうに感じたくなかった。だから、あなたを恋したりしないように必死に闘わなくちゃならなかったの」彼女の口もとに弱々しい笑みが浮かんだ。「でも、あまりうまくいかなかったわ。私、惨敗したんですもの」

アレクシは長々とため息をつき、体の緊張を解いた。それから、アリーズの唇に自分の唇を重ね、飢えを満たそうとするように、優しく甘くキスした。

快感のあまり、アリーズは自分が死んでしまうのではないかと思った。ようやくキスが終わった時には、彼女は頭がもうろうとして、立っているのがやっとの状態だった。

「最後のところをもう一度聞かせてくれ」アレクシは静かに命じた。

アリーズの青く美しい瞳がうるんだ。かすかに震える唇で彼女はささやいた。「あなたを愛しているのよ」

「君が永遠にそれを認めないんじゃないかと絶望しかけていたんだ」

アレクシはかすれた声で言い、体をかがめて、ゆっくりと彼女の唇を味わった。それから、彼女を引き寄せて、固く抱き締めた。

「僕がどんな気持でいたかわかるかい?」アレクシは皮肉っぽくほほえんだ。「僕はある決意を胸にパースへ出かけたんだ。どんなことをしてもジョージを手に入れるって。ところが、そこには君がいた。僕が自分の息子にすると誓った赤ん坊の前に立ちはだかって。きっと君は早く肩の荷を下ろして、自分の人生を楽しみたがっているんだ、と僕は思い込んでいた。だが、君は断固としてあの子を手放すのを拒んだ」アレクシはアリーズの頬に唇を這《は》わせた。彼の唇は閉じたまぶたにキスしたあと、ゆっくりじらすようにアリーズの唇に移動した。「僕の知り合いの中には、孤児の母親役にふさわしいと思える女性はいなかった。そして、君のむき出しの敵意に遭って、君を妻にして、その見事なプライドを手なずけるのも一興だなと思ったんだ。ただ、自分の感情までは予想していなかった」アレクシのほほえみは、信じられないほど温かだった。「君ときたら、なんでもかんでも僕に反対して、まるで小型の台風みたいだったよ。ところが君は、レイチェルや親父《おやじ》に対してはとても優しいし、僕の友人たちにも愛想がよかった。それで僕は、ありとあらゆる手段を使って、君の心の殻を破ろうとしたんだ」

アレクシはいったん口をつぐみ、アリーズに骨までとろけそうなキスをした。彼の腕の中で、アリーズはじっと待っていた。彼女が聞きたくてたまらない言葉をアレクシが口にするのを、祈るような思いで待ち続けていた。

「君があんまりわからず屋なんで、いっそ殺してしまいたい誘惑に駆られたことも何度かあった。君を愛している。愛しているんだ」アレクシは優しくアリーズを揺すった。

喜びが全身を駆け巡り、アリーズは彼の首に腕を回した。そして彼を引き寄せ、自分からキスした。甘いキスはたちまち情熱的な激しさを増していった。

ようやくキスが終わると、アリーズはアレクシの肩に頬を押しつけた。アレクシは彼女のひざの下に手を入れて抱き上げた。

「私をどこに連れていくつもり?」アリーズがささやいた。

「家の中へ」アレクシのまなざしはぬくもりに満ちていた。「ベッドの中へさ」

アレクシはくすくす笑い続けるアリーズを、寝室へ運んでいった。床に立たされたアリーズの瞳は期待と喜びで輝いていた。

彼を少しからかってみたい衝動を抑えきれず、アリーズはやんわりと抗議した。「私、ちっとも疲れていないのに」アレクシのうなじで両手を組み、アリーズは背伸びをして、彼の唇の端にキスした。

アレクシはアリーズの乱れた髪をそっと後ろになでつけた。彼のほほえみは温かく、官能的だった。アリーズは彼の意志の強そうな顔を、その瞳の奥に宿っている情熱を見つめた。

華奢《きやしや》な体をかすかに震わせ、手を差し伸べて、ゆっくりとアレクシの水着を脱がせる。そして次に自

「もちろんさ」アレクシは優しくアリーズにささやいた。「生涯、君を抱き続けるんだ」

分のビキニを脱いだ。それからタオルを取ってきて、海水に濡《ぬ》れたアレクシの体を丹念にふいた。アレクシはタオルを彼女の手から取り、お返しに優しく彼女の体をふいた。やがて、タオルは床に落ちた。

アリーズは無言のまま手を差し伸べ、アレクシを引き寄せた。彼女はアレクシの唇に唇を重ね、ためらいがちにキスし始めた。そして、彼をベッドのほうに引っ張っていき、二人してマットレスに倒れ込んだ。

「お願いよ、私を抱いて」

アリーズの唇からささやくような懇願がもれた。彼女は進んで唇を開き、アレクシのキスを受け入れた。アレクシはアリーズの感覚の一つ一つを呼び覚まし、略奪していった。いつしかアリーズは、恥じらいを捨てて彼にしがみついていた。永遠と思えるほど長い彼のキス。アリーズは深く広がっていく情熱の波に溺《おぼ》れそうだった。

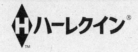

ハーレクイン・ロマンス　1992年4月刊（R-906）

愛は喧嘩の後で
2024年7月5日発行

著　　者	ヘレン・ビアンチン
訳　　者	平江まゆみ（ひらえ　まゆみ）
発 行 人	鈴木幸辰
発 行 所	株式会社ハーパーコリンズ・ジャパン 東京都千代田区大手町 1-5-1 電話 04-2951-2000（注文） 0570-008091（読者サービス係）
印刷・製本	大日本印刷株式会社 東京都新宿区市谷加賀町 1-1-1

ISBN978-4-596-63556-3 C0297

ハーレクイン・シリーズ 7月5日刊 発売中

ハーレクイン・ロマンス
愛の激しさを知る

秘書は秘密の代理母	ダニー・コリンズ／岬　一花 訳	R-3885
無垢な義妹の花婿探し 《純潔のシンデレラ》	ロレイン・ホール／悠木美桜 訳	R-3886
あなたの記憶 《伝説の名作選》	リアン・バンクス／寺尾なつ子 訳	R-3887
愛は喧嘩の後で 《伝説の名作選》	ヘレン・ビアンチン／平江まゆみ 訳	R-3888

ハーレクイン・イマージュ
ピュアな思いに満たされる

捨てられた聖母と秘密の子	トレイシー・ダグラス／仁嶋いずる 訳	I-2809
言葉はいらない 《至福の名作選》	エマ・ゴールドリック／橘高弓枝 訳	I-2810

ハーレクイン・マスターピース
世界に愛された作家たち
～永久不滅の銘作コレクション～

あなただけを愛してた 《特選ペニー・ジョーダン》	ペニー・ジョーダン／高木晶子 訳	MP-97

ハーレクイン・ヒストリカル・スペシャル
華やかなりし時代へ誘う

男爵と売れ残りの花嫁	ジュリア・ジャスティス／高山　恵 訳	PHS-330
マリアの決断	マーゴ・マグワイア／すなみ　翔 訳	PHS-331

ハーレクイン・プレゼンツ作家シリーズ別冊
魅惑のテーマが光る
極上セレクション

蔑まれた純情	ダイアナ・パーマー／柳　まゆこ 訳	PB-388

※予告なく発売日・刊行タイトルが変更になる場合がございます。ご了承ください。

今月のハーレクイン文庫

6月刊 好評発売中！

Harlequin 45th Anniversary

帯は1年間"決め台詞"！

珠玉の名作本棚

「あなたの子と言えなくて」
マーガレット・ウェイ

7年前、恋人スザンナの父の策略にはめられて町を追放されたニック。今、彼は大富豪となって帰ってきた——スザンナが育てている6歳の娘が、自分の子とも知らずに。

（初版：R-1792）

「悪魔に捧げられた花嫁」
ヘレン・ビアンチン

兄の会社を救ってもらう条件として、美貌のギリシア系金融王リックから結婚を求められたリーサ。悩んだすえ応じるや、5年は離婚禁止と言われ、容赦なく唇を奪われた！

（初版：R-2509）

「秘密のまま別れて」
リン・グレアム

ギリシア富豪クリストに突然捨てられ、せめて妊娠したと伝えたかったのに電話さえ拒まれたエリン。3年後、一人で双子を育てるエリンの働くホテルに、彼が現れた！

（初版：R-2836）

「孤独なフィアンセ」
キャロル・モーティマー

魅惑の社長ジャロッドに片想い中の受付係ブルック。実らぬ恋と思っていたのに、なぜか二人の婚約が報道され、彼の婚約者役を演じることに。二人の仲は急進展して——!?

（初版：R-186）